Das Buch

Savannah, 1969: Als James infolge einer Lotterie auserwählt und in den Krieg berufen wird, scheint sein Schicksal und das von Emma für immer besiegelt. Spätestens dann, als James zwei Jahre später nicht zurückkehrt und offiziell als vermisst gilt. Um mit der Vergangenheit abzuschließen, verlässt Emma Savannah. Sie lernt den renommierten Architekten Richard Davis kennen und willigt einer Verlobung ein. Gefangen in vergangenen Zeiten, kehrt Emma kurz vor ihrer Hochzeit für wenige Tage in ihre Heimat zurück, um endgültig Abschied zu nehmen. Sie nimmt ihre alte Schreibmaschine mit und beginnt, ihre gemeinsame Liebesgeschichte niederzuschreiben – bis James mit einem Mal vor ihr steht...

Die Autorin

ISABELLE SIMGEN

ALS DER WIND SICH DREHTE

Roman

Herstellung und Verlag:
Books on Demand,
Norderstedt

Bibliografische Information der Deutschen
Nationalbibliothek:

Die Deutsche Nationalbibliothek verzeichnet diese
Publikation in der Deutschen Nationalbibliografie; detaillierte
bibliografische Daten sind im Internet über dnd.dnd.de
abrufbar.

ISBN: 9783752643008

Für meine Familie.
In ewiger Liebe und Dankbarkeit.

When I saw you
I fell in love,
and you smiled
because you knew.

William Shakespeare

1

Es war an einem milden Novemberabend im Jahre 1973, als Emma Edwards, gekleidet in ein leichtes Kleid, auf ihrer Veranda saß. Vor ihr stand eine Tasse Tee – Earl Grey – und sie sah zu, wie der heiße Dampf aufstieg. Es beruhigte sie, dieses beständige Treiben, auch wenn es ihr ein Gefühl von Flüchtigkeit, gar Vergänglichkeit vermittelte. Auf irgendeine Weise fand sie, dass es ihr Leben sehr gut widerspiegelte, und je länger sie zusah, desto sicherer wurde sie darin.

Sie schloss ihre Augen und horchte in sich hinein. Hörte ihr Herz leise in ihrer Brust schlagen, ganz rhythmisch und sanft, und fragte sich, ob es richtig gewesen war, hierherzukommen. Ob es richtig gewesen war, erneut alles hinter sich zu lassen, um für eine gewisse, wenn auch ungewisse Zeit hier in Savannah zu sein. Doch noch bevor sie ihren Gedanken zu Ende gedacht hatte, spürte Emma eine Wärme in sich, die unbestreitbar war. Eine Wärme, so bedingungslos und stark, dass sie vergaß, warum sie jemals fortgegangen war.

Ein laues Lüftchen kam auf. Die Veranda knarrte. Bei

dem Laut sah sie auf, musterte die weißen Balken und fragte sich, ob sie immer so geknarrt hatten. Sie versuchte sich an die Laute der Schritte zu erinnern, die sie als Kind mit ihren kleinen Füßen darauf hinterlassen hatte. Das Geräusch entfiel ihr, wie so viele andere Dinge in den letzten Jahren, und ließ sie bei dem Gedanken daran wieder ihren Blick abwenden.

Ihr unscheinbares, kleines Haus lag in der Nähe des Savannah Rivers. Die Holzfassade war in einem zarten Hellblau gestrichen, die großen Sprossenfenster und überdachte Veranda in einem klaren Weiß, während die schmalen Dachschindeln in einem satten Dunkelblau glänzten. Die Ecken und Ränder waren teilweise dunkel, und an manchen Stellen splitterte leicht das Holz, doch das bemerkte sie nicht. Sie liebte ihr Haus, und während sie so die weißen Balken musterte, fühlte sie eine Geborgenheit in sich, nach der sie sich lange gesehnt hatte.

Sie wandte ihren Blick ab und nahm einen Schluck von dem Tee. Er war warm und süß und erinnerte sie an milde Verandaabende. Fast unbemerkt sank sie tiefer zurück in ihren Stuhl und behielt die Tasse in der Hand.

Während sie mit den Füßen gedankenverloren über die rauen Holzbalken unter ihrem Stuhl fuhr, dachte sie daran, wie sie vor zwei Jahren fortgegangen war. Wie sie die Küste Georgias entlanggefahren war, auf der Suche nach etwas, das ihr selbst noch nicht klar gewesen war, und in dem kleinen Ort St. Marys gelandet war.

Dort hatte sie eine Wohnung bezogen, sehr schlicht, aber charmant, und sich auf das konzentriert, was sie seit Langem hatte tun müssen: vergessen.

»Du kannst nicht vergessen, solange die Geschichte nicht zu Ende ist«, hatte Harry, ihr 91-jähriger Freund, vor wenigen Tagen zu ihr gesagt, als sie ihn um Rat gebeten hatte.

»Die Geschichte ist zu Ende«, hatte sie erwidert und leicht ihren Kopf geschüttelt. »Sie hat schon vor zwei Jahren geendet.«

»Aber nicht hier.« Er hatte seine Hand auf sein Herz gelegt. »Hier hat sie noch nicht geendet.«

Ohne es wahrzunehmen, legte sie ihre Hand auf ihre Brust, direkt über ihrem Herzen. Der vertraute Geruch von Holz und Zimt stieg ihr in die Nase, eine Mischung, nach der es hier in Savannah immer um diese Jahreszeit roch. Während sie tief einatmete, wanderte ihr Blick zu dem Haus am anderen Ende des Weges, zu *seinem* Haus, das flankiert von zwei alten Eichen schweigend vor ihr lag.

Erinnerungen an die letzten Jahre kamen auf. Erinnerungen, die ihr ein Gefühl von Ruhe und Nostalgie vermittelten. Die süße Herbstluft umspielte ihr Gesicht, und während die Sonne immer tiefer wanderte, fragte sich Emma zum erneuten Male, ob ihre Entscheidung richtig gewesen war.

Es waren bereits mehrere Wochen vergangen, seit Richard ihr einen Antrag gemacht hatte.

Sie hatten sich vor etwa zwei Jahren im Waterfront

Park kennengelernt, kurz nachdem sie nach St. Marys gezogen war. Sie hatte abseits im Schatten einer Eiche gesessen, den Rücken an den Stamm gelehnt und ein Buch in der Hand. Er hatte einen Satz daraus zitiert und sich noch im selben Atemzug dafür entschuldigt. Es habe schnulzig geklungen und er wüsste selbst nicht genau, warum er es getan habe. Er hatte kurz innegehalten und war mit seiner Hand verlegen durch sein Haar gefahren.

»Ehrlich gesagt, habe ich Sie schon häufiger hier gesehen«, hatte er schließlich gesagt, »und ich habe mich schon seit Langem gefragt, wer Sie sind.«

Sie war geschmeichelt gewesen, einen Mann wie ihn verunsichert zu haben. Er war gutaussehend, charmant, und etwas lag in seinem Blick, das ihren Atem kurz aussetzen ließ. Als er sie gefragt hatte, ob er sich zu ihr setzen dürfe, hatte sie zuerst höflich ablehnen wollen. Wie immer, wenn jemand sie ansprach. Sie hatte aufgesehen und die Worte bereits in ihrem Kopf formuliert, doch dann war etwas für sie vollkommen Unerwartetes geschehen: vermutlich hatte es an seinem selbstbewussten Auftreten gelegen oder an der Güte in seinem Blick, doch mit einem Mal hatte sich in ihrer Brust ein Gefühl von Sicherheit ausgebreitet. Sie hatte innegehalten – und noch bevor die sehnsuchtsvolle Stimme in ihrem Herzen immer lauter werden konnte, hatte sie das Buch zur Seite gelegt und es geschehen lassen.

Wenn sie nun an die Tage vor dem Antrag zurückdachte, stellte sie fest, dass sie es hätte erkennen müssen. Er war unruhiger gewesen, hatte sie häufiger nach ihrem Tag gefragt und hatte abends oft seinen eigenen Gedanken nachgehangen. Als er gesagt hatte, dass er sie gern am nächsten Tag zum Essen ausführen wollte, hatte sie zwar aufgesehen, doch sie hatte sich nichts dabei gedacht. Sie gingen häufiger aus. Mit Freunden von ihr oder Arbeitskollegen von ihm.

Als der Abend schließlich eingekehrt war, hatte er sich schick gemacht. Er hatte ein weißes Hemd mit braunen Manschettenknöpfen getragen, dazu eine beige Leinenhose und edle braune Lederschuhe – für sie kein ungewöhnlicher Anblick. Sie selbst hatte sich an dem Abend schön hergerichtet, hatte ein rotes, enges Kleid mit angedeutetem Ausschnitt getragen, das ihre blonden, schulterlangen Haare zur Geltung brachte. Dazu Perlenohrringe und schwarze Schuhe.

Als sie aus ihrem Ankleidezimmer getreten war, hatte sie ihm angesehen, wie schön sie in seinen Augen war. Sie hatte verlegen den Blick gesenkt und er hatte ihr einen sanften Kuss auf die Wange gegeben.

Er hatte sie ins La Place ausgeführt, eines der teuersten Restaurants an der Küste Georgias – auch das war nicht sonderlich ungewöhnlich. Richard stammte aus einer wohlhabenden Familie. Seine Eltern waren erfolgreiche Architekten aus South Carolina und hatten ihm mit zwanzig Jahren ein Studium am Georgia Tech College of Architecture in Atlanta finanziert. Nach seinem Abschluss hatte er die ersten Jahre in dem Konzern seiner Familie gearbeitet, bevor er sich in St. Marys selbstständig gemacht hatte. Sein Ziel war es immer gewesen, etwas Eigenes auf die Beine zu stellen. Er wollte sich seinen eigenen Namen machen, etwas, das Emma sehr an ihm schätzte.

Nach dem Essen hatte er sie schließlich in den Park geführt – auch das war nicht sonderlich ungewöhnlich. Sie hatten häufig den Abend dort mit einem Spaziergang ausklingen lassen. Sie hatten über seine ungewöhnliche Art, Hummer zu essen, gescherzt und bei der Erinnerung daran gelacht. Dann hatte er auf einmal ihre Hand genommen und sie auf die Wiese zu der Eiche geführt, wo sie immer zum Lesen saß. Als sie ein Meer aus Kerzen dort sah, war sie mit angehaltenem Atem stehen geblieben. Und noch ehe sie sich hatte versehen können, war er vor ihr auf die Knie gegangen und hatte sie gefragt.

Und sie hatte Ja gesagt.

***

Sie setzte die Tasse vorsichtig an ihre Lippen und nahm noch einen Schluck Tee. Er war bereits etwas abgekühlt und bitter, und Emma beschloss, sich einen neuen zu machen.

Sie lief mit ihrer Tasse hinein und schaltete mit einer kleinen Bewegung das Licht an. Das raue Parkett fühlte sich kühl unter ihren nackten Füßen an, und wie früher lief sie leicht auf ihren Zehenspitzen. Der Geruch nach alten Möbeln und Harz stieg ihr in die Nase und sie stellte zufrieden fest, wie bewohnt ihr Haus wieder aussah.

Sie hatte gleich nach ihrer Ankunft ihren schweren Koffer ausgepackt und nach und nach den Zimmern Leben eingehaucht. Mit einem Lappen hatte sie die Fenster geputzt, die Zimmer von Staub und Spinnweben befreit und Lebensmittel sorgfältig in die Küchenregale eingeräumt. Es war ein befreiendes Gefühl gewesen, und während ihr Blick nun über die geflochtene Schirmlampe, das beige Sofa und die impressionistischen Gemälde ihrer Mutter wanderte, fühlte es sich fast an, als wäre sie nie fort gewesen.

Ihre Mutter war bei ihrer Geburt gestorben, und bis auf ihre Kunst und eine Handvoll verblasster Fotos war Emma nichts von ihr geblieben. Sogar ihre Gemälde hatte sie erst vor wenigen Jahren in einer verstaubten Kellerecke unter einem dunklen Leinentuch entdeckt und seitdem überall im Haus aufgehängt.

Ihre Mutter stammte ursprünglich aus Charlotte, North Carolina, und hatte als Tochter eines vermögenden Handelsmanns eine Ausbildung zur Krankenschwester abgeschlossen. Kurz vor dem ersten Weltkrieg hatte sie Emmas Vater bei einer Voruntersuchung kennengelernt. Er hatte gerade seine Ausbildung zum Schiffsmechaniker beendet, als er sich für den Krieg verpflichtete. Zwei Jahre später war er unversehrt zurückgekehrt und hatte ihre Mutter am darauffolgenden Tag gegen den Willen ihrer Eltern geheiratet. Kurze Zeit später waren sie schließlich mit gepackten Koffern nach Savannah gezogen, er hatte seine Arbeit bei der Schiffswerft aufgenommen und wenige Jahre später war sie schwanger geworden. Der Anfang von etwas Neuem, wie sie dachten, doch niemand hatte ahnen können, dass es anders kommen sollte.

Mit ihrem Vater hatte sie nie ein besonders enges Verhältnis verbunden, und je häufiger sie über ihn nachdachte, desto stärker bedauerte sie, dass sie nicht genügend Zeit miteinander verbracht hatten. Er war ihr immer ein guter Vater gewesen, das konnte sie nicht bestreiten. Nachdem die Schiffswerft geschlossen worden war, hatte er Tag und Nacht in einem Textillager gearbeitet, um das Haus abbezahlen zu können. Von dem Erbe seiner Frau hatte er nichts sehen wollen. Auch wenn er es angenommen hatte, um es Emma eines Tages zu vermachen, hatte er selbst keinen einzigen Penny davon beansprucht. Aus eitlem Stolz ihren Eltern gegenüber oder Wehmut – das vermochte sie nicht zu sagen.

Sie hatte ihn in wenigen Angelegenheiten verstanden. Das Einzige, worin sie sicher war, war der Umstand, dass er nie über den Verlust ihrer Mutter hinweggekommen war. Es hatte immer einen Graben zwischen ihnen gegeben, den sie nicht hatten überwinden können, egal wie sehr sie es auch versucht hatten. Als sie fünfzehn war, war er schließlich an einem Herzinfarkt gestorben. Auch wenn es schwer für sie gewesen war, hatte sie dennoch gedacht, dass er nun endlich wieder mit ihrer Mutter vereint war.

Harry war ihre einzige verbliebene Familie. Er war einst ein guter Freund ihrer Eltern gewesen und hatte nur wenige Straßen weiter in einem einfachen Haus gewohnt. Als Kind war sie oft nach der Schule zu ihm gegangen und hatte dort die Nachmittage verbracht, bis ihr Vater von der Arbeit heimgekehrt war. Er hatte sie viele Dinge gelehrt, ihr die schwierigen Fragen des Lebens beantwortet und immer Rat gegeben, sofern sie eines bedurfte. Sie hatte ihn nur ansehen müssen, sein altes, wettergegerbtes Gesicht, und hatte gewusst, dass ihre Gedanken gut bei ihm aufgehoben waren.

Er stammte ursprünglich aus Madison, fast zweihundert Meilen in Richtung Atlanta. Nach dem Tod seiner Frau hatte er sich jedoch nach Ruhe gesehnt und gewusst, dass er sie nur finden würde, wenn er an einen Ort ging, an dem sie nie gewesen war.

Er sprach selten von ihr, wenngleich Emma wusste, dass er immerzu an sie dachte. Sie konnte es in seinen Augen sehen, in seinen müden, grauen Augen, und in solchen Momenten fragte sie sich oft, ob es auch ihr Schicksal war, für immer einer Liebe nachzutrauern, die längst vergangen war.

Sie wandte den Blick von den Gemälden ab und schlenderte weiter zu den vollen Bücherregalen, die nahezu jede Wand ihres Wohnzimmers schmückten. Mit einem Finger fuhr sie im Vorbeilaufen die einzelnen Bände nach und legte ihren Kopf leicht schief, um die Titel besser lesen zu können. Als sie bei dem letzten Buch angelangt war, strich sie sich gedankenverloren eine lose Haarsträhne hinter das Ohr und lief in die Küche.

Die Küche war das einzige, das sie von der Inneneinrichtung behalten hatte, nachdem sie das Haus geerbt hatte. Es war einer der Orte, an denen sich ihre Mutter am häufigsten aufgehalten hatte, und obwohl sie nicht mehr sonderlich zeitgemäß war und hier und da ein paar Schrammen aufwies, besaß sie dennoch ihren ganz eigenen Charme.

Nachdem sie die Teekanne auf den Herd gestellt hatte, sah sie aus dem Küchenfenster und dachte daran, Richard anzurufen. Nur kurz, um ihm zu sagen, dass es ihr gut ging. Er war noch bei der Arbeit gewesen, als sie am Nachmittag ihre Sachen gepackt hatte und gegangen war. Sie hatte überlegt, auf ihn zu warten, doch sie hatte Angst zu zögern, wenn sie ihn sah. Angst, dass sie zurück in ihr Schlafzimmer gehen und wieder ihren Koffer auspacken würde, und sie wusste, hätte sie das getan, hätte sie es nie mehr gewagt.

Sie hatte ihm einen Zettel hinterlassen, dass er sich keine Sorgen machen brauche und sie bald zurück sei. Er wusste, dass sie etwas Zeit für sich bedurfte, und sie wollte ihn nicht zu sehr damit belasten.

Sie ließ sich mit dem Rücken gegen die Theke sinken und warf dabei einen Blick auf den schmalen Ring um ihren Finger. Während sie ihn sanft im schwachen Licht des Küchenfensters neigte, dachte sie daran, wie sie ihn an manchen Tagen, an denen sie allein zu Hause war, heimlich für wenige Sekunden von ihrem Finger schob und ihre Hand massierte. Sie sagte sich, es läge lediglich an ihrer zierlichen Hand, und doch wurde sie das Gefühl nicht los, ihn damit zu betrügen.

Sie musste ehrlich sein. Sie hatte nicht daran gedacht, zu heiraten. Einmal hatte sie gewollt. Nur ein einziges Mal, und seitdem hatte sie nicht mehr darüber nachgedacht. Sie wusste, dass es unfair ihm gegenüber war, egoistisch, und konnte Richard den Wunsch nach einer baldigen Heirat nicht verdenken. Er war einunddreißig Jahre alt. Sein Unternehmen war erfolgreich und seine Zukunft vielversprechend. Er liebte sie, das tat er wirklich, und er hatte vor, ihr ein Haus mit einer Veranda und einem Garten zu kaufen, ähnlich dem in Savannah. Er wusste, wie viel es ihr bedeutete und würde nicht ruhen, ehe er ein solches für sie fand.

Sie konnte sich glücklich schätzen, ihn in ihrem Leben zu haben. Er war gut zu ihr, ehrlich und aufrichtig. Nie hatte er sich ihr gegenüber falsch oder gar rücksichtslos verhalten. Manieren besaß er, und Feingefühl. Vor allen Dingen Feingefühl. Das war das, was sie bei Weitem am meisten an ihm schätzte. Und nach all der Zeit, wenn sie aufmerksam ihrem Herzen lauschte, konnte sie sich sogar eingestehen, dass sie ihn liebte.

Sie schloss ihre Augen und holte tief Luft.

Sie sollte ihn anrufen, das wusste sie. Doch sie wusste auch, dass das eine Angelegenheit war, die sie mit sich selbst ausmachen musste. Eine Angelegenheit zwischen ihr und Savannah.

Als das Wasser hinter ihr zu kochen begann, goss sie

einen frischen Tee auf und begab sich anschließend erneut auf die Veranda. Die frische Abendluft strömte ihr entgegen, sanft und weich, und ließ sie tief einatmen.

Es war bereits dunkel und eine Grille sang. Bittersüß ertönten ihre Rufe, und Emma hielt horchend den Atem an. Sie nahm eine Kerze hervor und ließ sie wenige Sekunden später aufflackern. Dann setzte sie sich erneut in ihren Stuhl, legte eine Decke um ihre Beine und schaute auf sein Haus. Dunkel lag es vor ihr und erinnerte sie an all die vergangenen Tage und Nächte, an denen sie hier draußen gesessen hatte – genau hier – und nichts anderes getan hatte, als den Weg hinaufzuschauen und darauf zu warten, dass er wiederkam. Dass er zu ihr zurückkam, wie er es vor so vielen Jahren versprochen hatte.

Ohne es wahrzunehmen, fiel ihr Blick auf den hellen Brief, den sie bereits am Nachmittag mit auf die Veranda genommen hatte. Er war klein und schmal, und Emma fragte sich zum erneuten Male, wie er seinen Weg zu ihr gefunden hatte. Der Umschlag war an manchen Stellen dunkel und knittrig, von den vielen Malen, die sie ihn in der Hand gehalten hatte. Auf der Vorderseite war ihr Name inzwischen verblasst, als wäre der Wind in den vergangenen Jahren darüber gerauscht und hätte seine Worte mit sich genommen. Eine vertraute Sehnsucht stieg in ihr auf, als sie die Schrift sah, doch sie wusste, es war noch nicht an der Zeit.

Als es Nacht war, schaute sie auf in das dunkle Himmelszelt und beobachtete, wie die Sterne ruhig und friedlich funkelten, wie sie mit ihrem hellen Schein die finstere Dunkelheit wie ein leiser Hoffnungsschimmer durchbrachen, und spürte kaum, wie sie nach und nach immer tiefer in ihre Decke sank.

Während sie ihren Kopf leicht in ihren Nacken legte, dachte sie daran, wie sie an manchen klaren Abenden hinauf in den Himmel schaute und auf ein Zeichen wartete. Sie wusste nicht recht, was für ein Zeichen das war und wer es schicken sollte. Sie wusste nicht einmal, ob sie es erkennen würde, wenn es vor ihr auftauchte. Aber sie hatte das Gefühl, dass es dort draußen mehr gab als das, was sie mit bloßen Augen sah. Irgendetwas, das verborgen zwischen all den Sternen lag, das geschrieben war in den lebhaften Seiten des Kosmos. Etwas, das das Leben in Reih und Glied brachte, das über Glück und Unglück wachte, das Sehnsüchte und Träume lebendig werden ließ. Und selbst wenn es nicht so war, wollte sie zumindest daran glauben.

Sie rieb sich mit den Händen über ihre müden Augen und zog ihre Beine enger an ihren Körper. Während sie gedankenverloren auf das Haus in der Ferne schaute, fragte sie sich, wo die Zeit nur hingeflossen war.

Es war eigenartig. Die letzten Jahre waren ihr vorgekommen wie die unendlichste Unendlichkeit. Mühselig, aufreibend, beschwerlich. Es war ein ständiges Hoffen und Warten gewesen. Ein weiteres Kreuz in ihrem Kalender, ein weiterer Tag, ein weiterer Monat, ein weiteres Jahr. Und doch waren die Jahre wie im Flug vergangen, waren wie vom Winde verweht, denn nach all der

Zeit saß sie noch immer da, den Blick zum Sternenhimmel gerichtet, das Herz voll Hoffnung, und wartete auf
ein Zeichen.

2

Die Sonne ging auf und kleine Staubpartikel flimmer-
ten rötlich in der Luft. Mit einer Tasse Kaffee in der
Hand und einer Decke um den Körper gewickelt, saß
Emma am Morgen da und sah zu, wie der feine Mor-
gendunst ihre Heimat wie süße Zuckerwatte umgab.
Die salzige Meeresluft stieg ihr in die Nase und die
Worte Shelley's kamen ihr in den Sinn.

Quelle eint sich mit dem Strome,
Dass der Strom ins Meer vertauche;
Wind und Wind am blauen Dome
Mischen sich mit sanftem Hauche.
Nichts auf weiter Welt ist einsam,
Jedes folgt und weiht sich hier
Einem Andern allgemeinsam –
Warum denn nicht wir?

Sie atmete tief ein und spürte, wie es ihr Herz belebte.
Worte hatten schon immer eine magische Kraft auf sie
ausgeübt. Sie befreiten sie, beflügelten sie, ließen sie in

Gedanken treiben. Sie waren so vielschichtig, so tief in ihrer Bedeutung, dass sie in ihnen immer genau das fand, wonach sie suchte. Hoffnung? Trauer? Liebe? Sehnsucht?

Sie schloss ihre Augen und kreiste leicht mit ihrem Kopf. Ihr Nacken schmerzte von der nahezu schlaflosen Nacht und sie spielte mit dem Gedanken, später ein Bad zu nehmen.

Es war früh. Sechs, vielleicht sogar halb sieben. Sie erkannte, dass sie etwas aus der Übung gekommen war. Früher hatte sie die Uhrzeit nahezu punktgenau am Stand der Sonne ablesen können, und während sie hinausschaute, fragte sich Emma, was es noch war, das sich seit jeher verändert hatte.

Die Bäume waren lichter, dachte sie. *Und die Vögel leiser.*

Bei dem Gedanken schaute sie durch die Dunstschwaden hindurch den verblassten Weg hinauf. Sie sah an dem Haus mit der dunkelgrünen Tür vorbei, das aus der Ferne im schwachen Licht der Morgensonne geheimnisvoll, auf eine gewisse Weise gar verwunschen aussah, und erhaschte dahinter die schwachen Umrisse eines Rot-Ahorns. In dem Dunst sahen seine Blätter grau aus, doch Emma wusste, dass er in wenigen Minuten in einem kräftigen Rot aufleuchten würde, wie nahezu alles in Savannah.

Bereits als Kind war sie um diese Uhrzeit draußen gewesen. Sie fand, dass der Tag nun am schönsten war: Die Sonne spiegelte sich auf den Blättern und aus dem Wald drangen die fiebrigen Stimmen der Vögel zu ihr.

Es war zu einer Gewohnheit geworden. Selbst wenn es dunkel vor ihrem Schlafzimmerfenster war, schien etwas in ihr sie zu wecken, sogar in St. Marys, obwohl dort kein Wald vor ihrer Haustür war, dessen Rufe sie hören konnte.

Während sie die Bäume zu ihrer Seite musterte, dachte sie an ihr Leben in St. Marys. Daran, wie sie häufig nach ihrer morgendlichen Schicht im Café den restlichen Tag in einem Park verbrachte. Meistens setzte sie sich unter eine Eiche und las ein Buch. Hin und wieder, zwischen den Kapiteln, beobachtete sie die Menschen. Sie liebte es, sich Geschichten über sie auszudenken, und manchmal war sie sogar von ihrer eigenen Vorstellung so überzeugt, dass sie sie am liebsten gefragt hätte, ob diese stimmte. An manchen Abenden, wenn sie ein Gefühl der Schwere und Nostalgie überkam, holte sie ihre alte Schreibmaschine hervor und versuchte zu schreiben.

Früher hatte sie nahezu jeden Tag geschrieben. Sie hatte all ihre Gedanken und Gefühle in Geschichten verpackt und gehofft, sie würden wahr werden. Doch inzwischen schienen sich ihre Finger nicht mehr über die Tasten bewegen zu wollen, als fürchteten sie, was sie erzählen würden.

Bei dem Gedanken verspürte sie ein leichtes Kribbeln in ihrer Magengrube. Unsicher wanderte ihr Blick zu der schweren Schreibmaschine, die sie am frühen Morgen hinaus auf die Veranda geholt hatte. Der schwarze Lack war an den Seiten und Ecken schon etwas abgenutzt und das Metall der Drehknöpfe von der Zeit glanzlos und trüb. Das weiße Blatt in der Walze wehte sanft in der lauen Morgenbrise, als wartete es sehnsuchtsvoll darauf, mit Leben gefüllt zu werden.

Ein schlechtes Gewissen überkam sie bei dem Anblick. Ihren Freundinnen in St. Marys hatte sie erzählt, dass sie wegen der Recherche für einen Roman für wenige Tage fortfahren würde. »Atlanta« hatte sie gesagt, als sie sich nach dem Reiseziel erkundigt hatten. Savannah hätte zu viele Fragen aufgeworfen, und sie wusste, ihre Freundinnen würden sie nicht verstehen.

Sie glaubten nicht an die Liebe, zumindest taten sie so. Ihre Familien stammten aus gehobenen Kreisen. Familien, die sich einen ansehnlichen Namen in den Südstaaten gemacht hatten. Wohlstand war es, wonach sie suchten. Nichts, wonach Emma sich je gesehnt hatte. Sie hatte immer an das Gute geglaubt, an das Wahre, und nach all den Jahren hatte sie diesen Glauben nicht verloren.

Zwar musste sie zugeben, dass sie an manchen Tagen zweifelte. Manchmal sogar so stark, dass sie nicht mehr wusste, an was sie überhaupt glauben sollte. Doch dann kam stets der Morgen und sie hatte nur in den Himmel sehen müssen, um zu spüren, dass es wahr war.

Sie wandte ihren Blick von der Schreibmaschine ab und betrachtete die hochgewachsenen Bäume zu ihrer Seite. Ein Vogel glitt durch die Luft und verschwand hinter dem Ahorn im Dickicht des Waldes. Während sie ihm nachschaute, fiel ihr Blick erneut auf das Haus mit der dunkelgrünen Tür. Die Sonne brach durch den Rot-Ahorn und warf ein warmes Licht auf die dunklen Dachschindeln. Bis auf die Farben der Sonne schien es nach all der Zeit noch immer unverändert. Die Vorhänge waren zugezogen, die Fenster geschlossen, die Auffahrt leer. Die rotgoldenen Herbstblätter vergangener Tage tanzten in der lauen Brise über die Stufen der Veranda, und sie wusste, es bedurfte nur noch weniger Tage, bis sie diese vollends bedeckten.

»Was tust du hier, Emma?«, hauchte sie in die Stille hinein. »Du hast hier nichts mehr verloren.«

Sie zog die Decke enger um ihren Körper, und während sie in der Morgenruhe nach einer Antwort auf ihre Frage suchte, nahm sie kaum wahr, dass ihre Gedanken wie so oft zu einem Tag vor nunmehr fünfzehn Jahren wanderten. Einem Tag, der ihr Leben vollkommen verändert hatte.

Es war an einem warmen Septembertag im Jahre 1960 gewesen. Sie befand sich gerade auf dem Heimweg von der Schule – in einem weißen, knielangen Kleid und Riemchenballerinas, die hellen Locken mit einer Schleife zurückgebunden –, als sie ihn das erste Mal sah.

Es war eine eher ungewöhnliche Begegnung gewesen, und hätte Emma an diesem Tag nicht das Bedürfnis verspürt, sich in dem kleinen Bach im Wald abzukühlen, hätte sie ihn vermutlich auf eine angenehmere Art kennengelernt.

Es war an einem ihrer geheimen Orte geschehen, zu

dem weder ein Weg noch ein schmaler Pfad geführt hatte, und nur wenn sie über Baumstämme und Gestrüpp stieg, gelangte sie an die Stelle, an der sich der Bach tiefer in die Erde gegraben und verborgen vor jedweden Augen sanft geplätschert hatte – bis zu jenem Tag.

Wie immer hatte Emma ihren Rucksack an einen Baumstamm gelehnt, war aus ihren Schuhen geschlüpft und hatte sich in einer fließenden Bewegung ihr Kleid über den Kopf gezogen. Sie hatte gerade an dem Verschluss ihres Bustiers herumgenestelt, als sie ihn das erste Mal gehört hatte.

»Ganz schlechte Idee«, erklang seine Stimme von hoch oben, eine Stimme, die sie für den Rest ihres Lebens verfolgen würde.

Sie schreckte auf und zog ihr Kleid eng an ihre Brust. Ihr Blick huschte hinauf zu einem Baum, wo ein Junge auf einem Stamm lag, die Arme lässig unter dem Kopf verschränkt und eine Schiebermütze auf dem Gesicht. Er setzte sich aufrecht hin und rückte die Mütze mit einer Hand auf seinem Kopf zurecht.

Ein Grinsen breitete sich auf seinem Gesicht aus. »Schaust du immer so finster?«

Unter seinem Blick zog sie ihr Kleid enger an die Brust und versuchte damit ihren Körper bestmöglich zu bedecken. »Nur, wenn ich Jungen sehe, die auf Bäumen sitzen und spannen.«

»Ich habe nicht gespannt«, entgegnete er und sprang mit Schwung von dem Stamm. Mit einem dumpfen

Aufprall landete er dicht vor ihr und erhob sich in einer gleitenden Bewegung aus der Hocke. Er rieb die schmutzigen Hände an seiner Hose ab und richtete anschließend seine Mütze.

Aus der Nähe konnte sie nun seine blauen Augen sehen, mit denen er sie neugierig bedachte. Sie waren hell und von einem dunkleren Ring umzogen. Aufrichtig und doch unergründlich.

»So schnell, wie du dein Kleid ausgezogen hast, habe ich nicht einmal blinzeln können. Außerdem erlebt man nicht jeden Tag, dass ein Mädchen mitten im Wald vorbeikommt und sich einfach auszieht.«

Ungeachtet seiner Worte musterte sie ihn weiterhin misstrauisch, das Kinn stolz in die Höhe gereckt, den Blick forschend auf ihn gerichtet.

Unter seinen Latzträgern trug er ein beiges Leinenhemd, das unordentlich in seiner dunkelbraunen Hose steckte. Die Schiebermütze saß schräg auf seinem Kopf und seine Lippen verzog er zu einem spitzen Lächeln.

Als ihr erneut einfiel, in welch misslicher Lage sie sich befand, deutete sie ihm mit einer Hand, sich umzudrehen. »Wenn ich bitten darf«, sagte sie.

Er wandte sich um, und ohne ihn aus den Augen zu lassen, zog Emma sich schnell wieder ihr Kleid über den Kopf. Die Schleife band sie sich grob um das Haar und war gerade dabei, ihre Schuhe anzuziehen, als sie ihn fragen hörte: »Gehst du hier häufiger baden?«

»Da du jetzt von diesem Ort weißt, vermutlich nicht mehr.«

»Das nenne ich dann wohl Schicksal.«

»Schicksal?«, fragte sie, während sie sich erneut aufrichtete.

Bei ihren Worten neigte er prüfend den Kopf zur Seite, ehe er sich ihr gänzlich zuwandte. Sein Blick wanderte kurz über ihr Kleid hinauf zu ihrer Haarschleife. Als versuchte er zu begreifen, wer vor ihm stand. »Dass ich heute erst hergezogen bin und gleich deinen geheimen Ort gefunden habe.«

Sie war verwundert über seine Worte, doch beschloss, nicht weiter darauf einzugehen.

»Von wo bist du hergezogen?«, fragte sie stattdessen.

»Was denkst du denn?«

»Ein Junge aus dem Süden kannst du jedenfalls nicht sein. Deine Aussprache ist ziemlich albern.«

Er hob amüsiert die Mundwinkel. »Ich finde deine ziemlich albern.«

»Bist du immer so schlagfertig?«

»Fragst du immer so eigenartige Sachen?«

Sie presste die Lippen aufeinander, wenn auch nur, um ihr Schmunzeln zu verbergen. Dann neigte sie ihren Kopf leicht zur Seite und musterte ihn mit der gleichen Neugier. »Und woher kommst du nun?«

Als Antwort streckte er seine Arme zu beiden Seiten hin, die Handflächen parallel zum Boden, und begann, seine Beine abwechselnd erst links, dann rechts zu schwingen.

»Ein Charleston-Junge also.«

Bei ihren Worten tippte er in gespielter Geste an seine

Schiebermütze. »Chaahs-tun, Ma'am.«

»Sagt man das immer zu 14-Jährigen in Chaahs-tun?«, erwiderte sie pointiert, obwohl sie vollkommen fasziniert von seiner Aussprache war.

Sein Grinsen wurde breiter und entblößte seine weißen Zähne. »Nein, Ma'am.«

Dann standen sie einander schweigend gegenüber und sahen sich an.

Bis zu diesem Moment hatte sie mit Jungen ihres Alters nicht sonderlich viel zu tun gehabt, doch als sie ihm so gegenüberstand, spürte sie eine Ruhe in sich, eine Vertrautheit, als hätte sie die ganze Zeit nur auf ihn gewartet. Und das Eigenartigste an ihrer Begegnung war, dass sie das Gefühl hatte, ihm war es nicht anders ergangen.

Sie streckte ihm ihre Hand entgegen. »Emma«, sagte sie und spürte, wie ihr das erste Mal in ihrem Leben die Wärme in die Wangen stieg.

Ohne den Blick von ihr zu wenden, nahm er sie. »James«, sagte er und drückte ihre Hand dabei sanft.

Und während sie einander die Hand schüttelten, erkannten sie, dass es der Beginn von etwas Einzigartigem war. Spätestens, als sie sich voneinander lösten und beide in demselben Moment lächelten.

***

Das gleiche Lächeln lag heute auf ihren Lippen, wenn sie daran zurückdachte. Vor allen Dingen, weil sie recht

behalten hatten: Es war der Beginn von etwas Einzigartigem gewesen, auch wenn sie zum damaligen Zeitpunkt nicht hatten ahnen können, in welchem Maße.

Noch heute erinnerte Emma sich an die klare Nacht
vor so vielen Jahren, in der sie sich das erste Mal ihre
Liebe gestanden hatten.

Sie waren an dem Abend mit Freunden in einer Bar
in Savannah tanzen gewesen. Sie sechzehn, er siebzehn,
und seit Wochen hatten sie gespürt, dass auf einmal etwas anders zwischen ihnen war.

Sie wusste noch, wie gut er an dem Abend ausgesehen
hatte. Er hatte ein helles Hemd getragen, das locker in
seine Hose gesteckt gewesen war und seine tiefe Bräune
betont hatte. Seine dunklen Haare hatten wie immer etwas verwegen ausgesehen und sein Oberkörper war seit
seiner Ausbildung zum Automobilmechaniker kräftiger
geworden. Sie hatte ein luftiges Sommerkleid getragen,
das ihre Brüste in einem schönen Dekolleté eingerahmt
hatte, und hatte mit größter Zufriedenheit festgestellt,
welche Wirkung ihr inzwischen fraulicher Körper auf
ihn hatte.

Er war verrückt nach ihr gewesen und sie war verrückt nach ihm gewesen. Die ganze Nacht hatte er mit
ihr getanzt, hatte sie eng an sich gezogen, sie herumge-
wirbelt, sich Hüfte an Hüfte mit ihr zu den schönsten
Liedern bewegt, und sie hatte gewusst, dass sie nir-
gendwo sonst auf der Welt lieber hätte sein wollen. Nie
zuvor hatte sie solch ein Brennen in sich gefühlt wie an
diesem Abend, und zu spüren, dass es ihn genauso nach

ihr verlangte, hatte ihr fast den Verstand geraubt. Sie hatte es ausgenutzt, hatte damit gespielt, ihn verführt, bis er nichts anderes hatte tun können, als sie an der Hüfte zu packen und durch die Hintertür hinauszutragen. Auf halbem Weg zu ihrem Haus waren sie schließlich an einem verlassenen Waldstück auf den Boden gesunken, zu vernarrt, um länger zu warten. Sie hatten einander ihre Sehnsucht zugeflüstert und sich begierig und zugleich zärtlich geliebt. Am Ende hatten sie dagelegen, ihre Körper dicht beieinander, ein Versprechen auf den Lippen, das bis in die Ewigkeit reichte.

Was sie zum damaligen Zeitpunkt nicht hatten ahnen können, war, dass das Leben noch andere Pläne für sie bereithielt. Dass die Zeit, von der sie glaubten, sie ein Leben lang zu haben, begrenzt war. Dass jeder Tag, jede Stunde, jede Sekunde vor so vielen Jahren das Kostbarste war, was sie beide jemals gemeinsam erlangen würden.

Es war nicht genug, rief es in ihrem Inneren. *Es war zu früh.* Und doch konnte sie nicht dankbarer für all das sein, was sie bis zu diesem Tage erlebt hatte. Für jeden einzelnen Moment mit ihm.

Ihr Blick fiel erneut auf den Brief vor ihr. Zaghaft nahm sie ihn in die Hand und betrachtete die inzwischen verblasste Handschrift, die ihren Namen schrieb.

An Ms. Emma Rosalind Edwards …

Das letzte Mal, als sie den Brief in der Hand gehalten hatte, war an ihrem letzten Abend in Savannah gewesen. Es war gewittrig an dem Tag gewesen, das wusste sie noch. Sie hatte draußen auf ihrer Veranda gesessen, seinen Brief in der Hand, und in die Ferne geschaut. Sie erinnerte sich, wie Harry sich an dem Abend zu ihr gesetzt hatte. Er hatte wie sie hinausgeschaut und lange Zeit geschwiegen, als wüsste auch er, dass Worte nicht halfen. Nach einer Weile hatte er jedoch seine Hände ineinandergelegt und sie wehmütig von der Seite angesehen. »Gern würde ich dir sagen, dass du jemand anderen genauso lieben wirst wie ihn. Aber ich weiß, du würdest mir nicht glauben, und ich käme mir wie ein alter Narr vor. Denn ich sehe es in deinen Augen. Ich sehe, dass er der Einzige war, der Einzige ist und auch immer der Einzige bleiben wird.« Dann hatte er seine Hand auf ihre gelegt und sie sanft gedrückt. Sie hatte aufgeschaut und die Schwere in seinen Augen gesehen. »Aber er ist nicht hier, Emma«, hatte er mit belegter Stimme gesagt. »Und es ist Zeit, Abschied zu nehmen.«

Nun, zwei Jahre später, war sie zurück und wendete den Brief erneut in ihrer Hand.

»Ein letztes Mal«, hauchte sie. »Und dann wird es enden.«

Sie nahm noch einmal tief Luft und zog anschließend das Papier hervor. Es war dünn und weich und wölbte sich an manchen Stellen. Vorsichtig klappte sie es auf und betrachtete seine Schrift. Ihr Blick wanderte hoch zur rechten Ecke: *04. September 1971.*

Sie sah noch einmal auf und sah die Sonne über den Baumwipfeln stehen. Wie Kristalle spalteten sie das warme Licht und warfen es auf ihr blasses Gesicht. Die

Farbe kehrte in die Blätter ein, der Dunst löste sich, und während sein Haus golden vor ihr leuchtete, las sie seinen letzten Brief.

Seinen letzten Brief an sie.

Liebe Emma,

es ist schon spät. Eins oder zwei in der Nacht. Ich liege hier im Lager und kann nicht schlafen. Draußen tobt ein Sturm, der stärkste seit Langem, und ich frage mich, ob es denn wirklich der Wind ist, der dort draußen so laut wütet.

Die anderen schlafen schon – Rick, John und Raymond – und wieder einmal denke ich an dich. Ich denke an unsere Kindheit, an unser Leben, und erkenne, wie schicksalhaft es war.

Manche würden sagen, es waren Zufälle. Eine Reihe blinder Zufälle, die im Zusammenspiel zu dem geführt haben, was wir heute sind. Doch ich sage, sie liegen falsch. Denn Zufälle, so willkürlich und eigenmächtig sie auch sein mögen, haben ihre Bedeutung. Sie haben ihre Aufgabe, ihre Bestimmung, ihren Sinn, und in der Ganzheit, so weiß ich, ist es Schicksal.

Und so brauche ich mich erst gar nicht zu fragen, was mit uns geschehen wäre, wären unsere Eltern nicht nach Kriegsende nach Savannah gezogen. Ich brauche mich das erst gar nicht zu fragen, denn ich weiß, es war längst Schicksal, seit Anbeginn der Zeit besiegelt. Ich weiß es, weil ich es fühle. Weil ich die Augen schließe und uns sehe. Uns sehe, wie wir als Kinder im Wald liegen und uns Geschichten ausdenken. Wie wir uns eine Welt schaffen, unsere ganz eigene, um zu vergessen, was geschehen ist, und um daran zu glauben, was noch geschehen wird.

Ich sehe dich, wie du beginnst, Geschichten zu schreiben. Eine Geschichte über Hoffnung, eine über Glauben, eine über Liebe. Sehe dich, wie du zu mir kommst und sie mir vorliest, und wenn du beginnst zu lesen, so weiß ich, ist es still. So still, als würde selbst der Wind deiner Stimme lauschen.

Ich sehe uns als junge Erwachsene, die wir waren – unerfahren, furchtlos, verliebt. Sehe dich als Frau, die du heute bist. Liebevoll, intelligent, mit einer gewissen Ernsthaftigkeit im Gesicht. Die Jugendlichkeit wird aus deinen Augen gewichen sein, die Gutgläubigkeit - das weiß ich. Ich weiß es, weil es vermutlich ich selbst bin, der Schuld daran trägt. Doch ich weiß auch, dass es die Zeit ist, das Leben, das dich noch vollkommener macht als du sowieso immer für mich warst.

Deine Briefe zu lesen – deine Worte – gibt mir Halt und Hoffnung und zeigt mir, dass die Welt dort draußen noch so ist, wie sie war.

Während ich hier auf meiner Liege sitze und dir diesen Brief schreibe, halte ich inne und sehe auf. Ich sehe meine Kameraden, wie sie tief schlafen. Schlaf, der mir seit Langem verwehrt zu sein scheint, und so sehe ich mich um und frage mich, wer sie sind. Ich frage mich das nicht auf deine Art – male mir keine Geschichten über sie aus - auch wenn das, so denke ich, sicherlich beruhigender wäre. Nein, ich frage mich, wer sie denn wirklich sind. Ich selbst ertappe mich dabei, wie ich mich frage, wer ich bin – wer wir alle sind, die wir hier stehen, in einem fremden Land, um für etwas zu kämpfen, das so verworren ist. Es ist eine Welt, in der das Leben vorbeizieht, der Glaube, die Hoffnung, wie in einem Wandel der Zeit, und ich frage mich, wo wir hier sind.

»Du kämpfst einen Kampf, der nicht der deine ist«, hast du einst zu mir gesagt. Und das ist es: ein Kampf, der nicht der meine ist, und doch, so erkenne ich, gibt es einen Kampf. Einen Kampf um unser Leben, das wir einst hatten – du und ich.

Morgen ziehen wir weiter in den Norden. Wohin genau, das kann ich nicht sagen, aber ich bezweifle, dass es anders sein wird als hier. Ich habe Angst, wenn ich an die nächsten Tage denke. Nicht, weil ich Angst habe zu sterben. Ich habe keine Angst vor dem Sterben, denn Sterben, denke ich, ist leicht. Es ist wie das Gleiten in einen Schlaf, einen langen, tiefen Schlaf. Außerdem glaube ich, dass jeder seinen Weg im Leben hat, seine ganz eigene Rolle, und meine ist längst geschrieben, das weiß ich.

Aber der Gedanke, dich nie wieder zu sehen, dich nie mehr in meine Arme schließen und dir sagen zu können, wie sehr ich dich liebe – dieser Gedanke, nur dieser, bereitet mir Angst. Eine unermessliche Angst, und manchmal frage ich mich, ob auch das unser Schicksal ist. Der zweite Teil, der noch unvollendete Teil, und ich frage mich, wohin es uns führen wird.

Ich erwarte nicht, dass du mir verzeihst. Ich weiß nicht einmal selbst, ob ich mir verzeihe. Aber ich will, dass du weißt, dass es mir leidtut. Dass mir alles leidtut. Alles, was war. Alles, was ist. Ich weiß, ich habe dir ein Versprechen gegeben. Ein Versprechen für die Ewigkeit, und wenn es so weit ist, dann werde ich es halten.

Ich liebe dich, Emma Rosalind Edwards. Wie seinerzeit noch heute und bis in alle Ewigkeit.

Mit dem Finger fuhr sie sanft über die letzten Zeilen, als könnte sie seine Hand noch darauf spüren. Dann senkte sie den Brief und schaute auf. Die Sonne stand bereits hoch und der Himmel war klar. Tief atmete sie ein und ließ den Wind ihre Tränen hinfort tragen.

Es waren vier Jahre seit ihrer letzten Begegnung vergangen. Vier unendliche Jahre. Dabei sah sie es noch genau vor sich. Den flimmernden Bildschirm. Präsident Johnson im Anzug am Podium. Die Worte hallten noch heute in ihrem Kopf nach.

»Als Präsident und oberster Befehlshaber ist es meine Pflicht, dem amerikanischen Volk mitzuteilen, dass wiederholte feindliche Handlungen gegen Schiffe der Vereinigten Staaten im Golf von Tonkin mich heute gezwungen haben, das Militär der USA anzuweisen, zu reagieren. Der erste Angriff …«

In den folgenden Wochen hatte Spannung in der Luft gelegen, ähnlich der eines Gewitters, auch wenn alle versucht hatten, zwischen den Nachrichtensendungen zur Normalität zurückzukehren. Eines Abends, wenige Wochen nach der Verkündung des Kriegseintritts in Vietnam, hatte sie mit James erneut die Nachrichten verfolgt. Noch heute sah sie seine angespannte Haltung. Sein Blick, der starr auf den Bildschirm gerichtet war, den Kopf, nachdenklich auf eine Hand gestützt. Ihr war nicht entgangen, wie schweigsam er die Tage zuvor geworden war, nachdem sich zwei ihrer Freunde freiwillig gemeldet hatten.

»Du denkst doch nicht auch darüber nach, oder?« Sie hatte ihn angesehen, eine Angst in ihrem Herzen, die kaum zu bändigen war. Und obwohl James gewusst hatte, wovon sie sprach, hatte er lange Zeit geschwiegen.

»Nein«, hatte er schließlich gehaucht und dabei leicht den Kopf geschüttelt. Er hatte den Blick von dem Bildschirm abgewandt und sie angesehen, eine Ernsthaftigkeit in den Augen, die sie vermutlich niemals vergessen würde. Als er ihre Sorge erkannt hatte, waren seine Gesichtszüge weich geworden und er hatte seine Hand auf ihre gelegt. Ein Versprechen, das kein Wort der Welt hätte geben können. »Ich denke nicht darüber nach.«

Wenn sie sich nun seine glanzlosen Augen in Erinnerung rief, fragte sie sich, ob er zu diesem Zeitpunkt geahnt hatte, dass sich ihrer beider Leben ändern würden. Dass die Fäden ihres Daseins von einem anderen, größeren Rad als von ihren Handlungen gesponnen wurden. Einem Rad, auf das sie keinerlei Einfluss hatten.

Kurz darauf hatte es schließlich eine Lotterie gegeben, in der sein Geburtsdatum gezogen und damit sein Schicksal besiegelt worden war. Wenige Wochen später hatte ihn ein Brief mit der Anordnung erreicht, sich für die Musterung zu melden. Als sie davon erfahren hatte, war sie vor ihm auf und ab gelaufen und hatte verzweifelt nach Auswegen gesucht. Mit gesenktem Blick hatte James auf der Verandatreppe gesessen, die Ellbogen auf die Knie gestützt, und hatte geschwiegen, während sie mit jedem Wort immer schneller geworden war.

»Und wenn wir kein Attest bekommen, wandern wir einfach aus. Wir verschwinden. Irgendwohin, wo uns niemand findet, bis der Krieg zu Ende ist. Wir tauchen einfach unter. Und ich weiß, dass du dich dafür hassen wirst, wenn du den anderen den Rücken zukehrst, und dass du dir ein anderes Leben für uns erhofft hast. Aber lieber fliehe ich ein Leben lang, als dich zu verlieren. Ich kann das nicht. Ich schaffe das nicht. Nicht auch noch du. Nach allem … nicht auch noch du.«

Sie war vor ihm stehen geblieben, die Augen weit vor Angst geöffnet, bereit, ihren Koffer zu packen, sobald er ihr das Zeichen gab.

Er hatte zu ihr aufgesehen, das erste Mal, seit er ihr den Bescheid gegeben hatte. »Komm her«, hatte er gesagt, die Stimme rauer als sonst, in den Augen eine Mischung aus Liebe und Schmerz. Und bevor sie ihn hatte anschreien können, hatte er sie auf seinen Schoß gezogen und fest mit seinen Armen umschlungen. So fest, dass ihre innere Wut wie ein Damm gebrochen war und sie begonnen hatte, an seiner Schulter zu weinen.

Im gleichen Jahr war er verpflichtet worden. Er war vierundzwanzig gewesen, sie ein Jahr jünger. Sie hatte ihm zum Abschied einen Kompass geschenkt.

»Damit du deinen Weg nach Hause findest«, hatte sie gesagt. Er hatte ihr Gesicht in beide Hände genommen und sie mit solch einem inbrünstigen Blick bedacht, dass sie ihm fast verziehen hätte.

»Zwei Jahre«, hatte er versprochen. »Und dann werde ich nie mehr gehen.«

Es hatte einige Wochen gedauert, bis sie seinen ersten Brief erhalten hatte. Von diesem Moment an hatten sie sich, wann immer möglich, geschrieben. Emma hatte ihm von ihrem Leben in Savannah berichtet, James von seinen Erfahrungen im Krieg.

Vor zwei Jahren hatte sie schließlich seinen letzten Brief erhalten. Wenig später war er nach Ablauf seiner Dienstzeit als vermisst erklärt worden. Und als die Tage, Wochen und Monate dahingeflogen waren, ohne dass James zurückgekehrt war, war es auch für sie an der Zeit gewesen, die Vergangenheit ruhen zu lassen und Savannah zu verlassen.

Doch obwohl sie fortgegangen war, war kein Morgen vergangen, an dem sie nicht zum Briefkasten ging und auf einen weiteren Brief von ihm wartete. Bis heute hatte sie keinen Bescheid, keinen Nachweis erhalten, dass es ihn nicht mehr gab, und so ließ sie die Ungewissheit darüber, die Unvollkommenheit ihrer Geschichte, noch immer hoffen.

Denn sie hatte geliebt. Mehr als sie je zu glauben vermocht hatte, und immer, wenn sie die Sehnsucht nach ihm überkam, las sie eine ihrer Geschichten und dachte an ihn. An manchen Tagen, wenn sie die Worte laut aussprach, glaubte sie sogar, er hörte sie. Er schaute auf, hörte ihre Stimme und dachte, wie schön es war. Er sagte, sie solle weiterlesen, und sie hörte nicht auf, ehe die Blätter im Mondlicht silbern leuchteten und sein

Herz besänftigt neben dem ihren schlug.

Eine Brise kam auf und wehte ihre Haare sanft um ihr Gesicht.

Sie legte den Brief beiseite und warf einen Blick auf die Schreibmaschine. Die Helligkeit des Himmels blendete sie und sie schloss ihre Augen.

Tief atmete sie ein.

»Und nun wird es enden.«

3

Etwa hundert Meilen südlich saß Harry am Morgen in seinem Zimmer und sah aus dem Fenster.

Er hatte eine dicke Wolldecke über seine Beine gelegt und seinen Pullover bis an die Ohren gezogen. Die Luft war stickig und bis auf das Knacken der Heizung und das sanfte Wippen seines Stuhls war es still.

Es war ungewohnt für ihn, am Fenster zu sitzen. Um diese Zeit hatte er meist schon sein Frühstück verzehrt – eine Tasse Kaffee und eine Scheibe Toast – und saß draußen auf seiner Bank. Er nannte sie »seine Bank«, alle im Seniorenheim nannten sie »seine Bank«, wenngleich er nie einen solchen Anspruch auf sie erhoben hatte.

Doch heute war ihm nicht danach, rauszugehen, und er hatte keinen Hunger. Er fühlte sich müde und etwas ging in seinem Kopf umher, das ihn schon lange Zeit beschäftigte.

Während er in die Ferne sah, vernahm er das Geräusch dumpfer Schritte auf dem Gang.

»Weißt du, was heute mit ihm los ist?«, hörte er eine

Pflegerin tuscheln.

»Vielleicht hat er Streit mit Ms. Edwards«, flüsterte eine andere. »Ich habe gestern gesehen, wie sie gegangen ist, und ich glaube, sie hatte Tränen in den Augen.«

»Ich denke eher, dass es etwas mit Rosalind zu tun hat. Seit ein paar Tagen ist er abwesend. Hast du schon einmal davon gehört, dass man kurz vor dem Tod noch einmal von seiner Geliebten im Traum besucht wird? Vielleicht hat er letzte Nacht einen Besuch von ihr bekommen.«

»Du meinst, sie hat ihn gerufen?«

»Möglich wäre es zumindest.«

Er konnte nur den Kopf über ihre Einfallslosigkeit schütteln. *Wenn ihr wüsstet*, dachte er, während seine grauen Augen leer in die Weite starrten. Die Bäume, die neben seinem Zimmerfenster emporragten, spiegelten sich in ihnen, und wie jeden Tag ließ er seinen Gedanken freien Lauf.

Er dachte an all die Fehler, die er in seinem Leben begangen hatte. An all die Momente, in denen er heute anders gehandelt hätte. In denen er genau das Gegenteil hätte tun sollen, stärker an etwas hätte festhalten sollen, etwas anderes früher hätte loslassen sollen.

Er erkannte auch, dass viele seiner Handlungen aus Naivität und jugendlichem Leichtsinn entstanden waren. Aus Unsinn und Torheit. Doch das, was ihn seit geraumer Zeit beschäftigte, war anders als alles andere jemals zuvor. Es war schlimmer, folgenreicher, auch wenn es ganz anderen Motiven entsprungen war.

Dieses Mal, so glaubte er, war es das Selbstloseste, das er je getan hatte. Etwas, das aus Liebe und Fürsorge entstanden war, aus Umsicht und Innigkeit. Er hatte gewusst, dass er mit seinem Handeln das Einzige, das er noch auf dieser Welt besaß, hatte verlieren können – aber genauso hatte er gewusst, dass er damit das Einzige, das er noch auf dieser Welt besaß, hatte behüten können. Und so hatte er es getan, aus guter Absicht heraus, doch es zermürbte ihn. Es zermürbte ihn vom ersten Moment an bis heute.

Das Einzige, das ihm seit jeher Rückhalt gab, war das Verspechen, das er vor langer Zeit in einer lauen Sommernacht Emmas Mutter gegeben hatte. Das Versprechen, sich um sie zu kümmern, was auch immer geschah.

Durch das Fenster sah er hinauf in den Himmel. Er war grau und mit schweren Wolken verhangen.

»Das habe ich, Elizabeth«, antwortete ihr Harry nun. »Das habe ich gewiss. Doch ich fürchte, ich habe etwas getan, das unverzeihlich ist.«

Während er seinen trüben Gedanken nachhing, sah er zu, wie sich die dunklen Wolken immer stärker vor seinem Zimmer zusammenbrauten und es schließlich begann, vereinzelt an sein Fenster zu tröpfeln. Der Regen prasselte leise, stimmte in das stetige Knacken der Heizung und Wippen des Stuhls mit ein und füllte die einsame Stille.

Nach einer Weile wandte er seinen Blick ab und schob die dicke Wolldecke von seinen Beinen. Mit seinen Händen stützte er sich fest auf der Stuhllehne ab und drückte sich mit schwachen Armen hoch. Als er stand, hielt er kurz inne, wartete, bis er sein Gleichgewicht gefunden hatte, und bahnte sich anschließend Schritt für Schritt seinen Weg durch das Zimmer.

Als er auf der anderen Seite angekommen war, ließ er sich langsam auf seiner Bettkante nieder. Das Gestell quietschte laut und gab unter seinem Gewicht leicht nach. Mit achtsamen Bewegungen beugte er sich zu seinem alten Nachttisch und zog die Schublade ruckelnd auf. Seine adrige Hand zitterte leicht, als er ein Bündel alter, bereits vergilbter Briefe hervorzog. Nachdem er sich erneut aufgerichtet hatte, löste er vorsichtig die Schnur und nahm den obersten Brief in die Hand.

Mit seinem Daumen fuhr er die verblichene Schrift nach.

An Ms. Emma Rosalind Edwards
Primrose Ave 7
31408 Savannah, Georgia
USA

Aus dem Umschlag zog er vorsichtig den Brief und faltete ihn auseinander. Der Anblick der vertrauten Handschrift erschwerte seine Brust und er presste seine zittrigen Lippen aufeinander. Sein Blick wanderte hoch zur rechten Ecke: *14. August 1972.*

Im Hintergrund hörte er erneut das Knacken seiner Heizung, und während der Regen immer stärker an sein Fenster prasselte, las er erneut die Worte, die er inzwischen fast auswendig kannte.

Als er fertig war, ließ er den Brief in seinen Schoß sinken.

»James«, seufzte er mit rauer Stimme. »Wo bleibst du nur?«

4

Mit dem Auto hatte Emma zwanzig Minuten bis in die Innenstadt benötigt. Sie hatte den Wagen in der Nähe des Marktes in der Park Avenue abgestellt und beschlossen, vor dem Einkauf noch ein paar Schritte durch den Park zu gehen.

Es war ein milder, sonniger Tag und der Geruch süßer Kirschblüten hing in der Luft. Mit einem Korb in der Hand bog sie an der nächsten Wegkreuzung ab und betrachtete die hohen Eichen, die über ihrem Kopf zu einem dichten Blätterdach verschmolzen. Die Sonne brach hell durch die Zweige und in der Ferne flogen Spottdrosseln durch die Luft.

Savannah war die älteste Stadt im Bundesstaat Georgia und zählte mit ihren Pflastersteinen und restaurierten Häusern zu den schönsten Städten der Südstaaten. Die Sommer waren lang und tropisch, die Winter kurz und mild. Nicht selten kam es vor, dass Gewitter plötzlich die salzige Meeresluft elektrisierten und Savannah in lavendelfarbenes Licht tauchten. Die Straßen waren mit einem leuchtend grünen Dach aus Eichenzweigen und spanischem Moos bedeckt. Weiße und violette Azaleen schmückten die Parkbänke und alte Straßenlaternen leuchteten golden bei Nacht. Wie in anderen Städten der Südstaaten, waren auch in Savannah Ruhe und Gelassenheit das oberste Gebot. Die Bewohner nahmen sich an den Wochenenden eine Decke und suchten sich einen ruhigen Platz unter einer Eiche. Wenn das Wetter schön war und der Wind nicht zu stark wehte, packten sie ihre Picknickkörbe und fuhren auf Tybee Island, eine Insel im Chatham County, um den Tag am Strand zu verbringen.

Sie bog an der nächsten Wegkreuzung links ab. Passanten kamen ihr entgegen und sie grüßte diese mit einem Lächeln. Am Markt angekommen, kaufte sie Obst und Gemüse, etwas von dem frisch gefangenen Fisch und Kartoffeln.

Es dauerte nicht lang, bis jemand ihren Namen rief. Sie wandte sich um und sah Dorothy Parker, eine alte Schulfreundin, und war selbst überrascht, wie sehr sie sich freute, sie zu sehen.

In überschwänglicher Geste trat sie auf Emma zu und schloss sie in ihre Arme. »Emma, wie schön, dich zu sehen! Es muss eine Ewigkeit her sein, seit wir uns das letzte Mal gesehen haben. Wie geht es dir? Du siehst umwerfend aus!«

Ihr gesundes, bronzefarbenes Haar fiel ihr in großen Wellen um die Schultern und schmeichelte ihrem zierlichen Gesicht. Ihre blauen Augen strahlten und ihr von rotem Lippenstift gezeichneter Mund verzog sich zu einem breiten Lächeln.

»Danke, das Gleiche kann ich nur zurückgeben.«

Sie lösten sich erneut voneinander und betrachteten einander eingehend. Erinnerungen an ihre Kindheit kamen auf, an die vielen gemeinsamen Schultage und Feste, und wurden von jenen an den Krieg überschattet. Ihr Ehemann hatte wie James gedient und war vor drei Jahren unversehrt zurückgekehrt. Als hätten sie den gleichen Gedanken verfolgt, vernahm Emma mit einem Mal Bedauern in ihren Augen.

Aus ihrem Lächeln wurden schmale Lippen. »Seit wann bist du wieder in Savannah?«

Sie rutschte den Korb in ihrer Armbeuge zurecht und lächelte. »Seit gestern erst. Aber ich habe auch vor, nur ein paar Tage zu bleiben.«

Betrübt furchte Dorothy ihre Stirn. »Nur ein paar Tage? Wie schade. Was hat dich hierher verschlagen?«

»Das Haus«, log Emma, und da es fast zu schnell aus ihr herausgeschossen war, fügte sie sanfter hinzu: »Ich habe mir ein paar Tage freigenommen, um nach dem Haus zu sehen.« Sie hob ihre Schultern, um noch überzeugender zu klingen, und noch bevor Dorothy das Thema in eine andere Richtung lenken konnte, erkundigte sich Emma nach ihren Kindern und Nichten, nach ihrem Ehemann Glenn, und war am Ende froh, dass ihr alle Namen einfielen.

Als erneut der gleiche Ausdruck in Dorothy's Augen trat, machte Emma eine wegwerfende Handbewegung. »Ich muss jetzt leider wieder los, Dorothy«, sagte sie.

»Es war schön, dich zu sehen. Grüß Glenn und die Kinder von mir.«

Sie verabschiedeten sich erneut mit einer Umarmung voneinander und wünschten einander einen schönen Tag.

Den Weg zurück zu ihrem Wagen lief sie ohne weitere Umwege. Nachdem sie den Korb sicher im Kofferraum verstaut hatte, stieg sie ein und begab sich unter einem Dach von Eichengeäst und Efeu auf den Heimweg. Wie immer, wenn sie die Straße am Park entlangfuhr, zog sie auch dieses Mal leicht den Kopf ein, um einen besseren Blick auf die viktorianischen Häuser mit ihren weitläufigen Treppen und hohen Erkerfenstern zu erhaschen. In ihrem Kopf kreisten noch immer die Gedanken um das Gespräch mit Dorothy, und sie sehnte den Tag herbei, an dem auch Savannah die Vergangenheit ruhen lassen würde.

Als vor ihr eine Kreuzung erschien, richtete sie ihre Augen wieder auf die Straße. Anstatt links zum Highway abzubiegen, hielt sie den Blick nach vorn gerichtet und fuhr weiter geradeaus.

Bei jeder Seitenstraße huschte ihre Aufmerksamkeit zu dem Straßenschild.

York Street …

State Street …

Broughton Street …

Sie bog rechts ein und nahm den Fuß etwas vom Gaspedal. Während sie das Lenkrad fester griff, ließ sie das Auto gemächlich weiterrollen. Ihr Blick wanderte zögerlich zu der linken Straßenseite.

Leopold's Ice Cream.

Die geschwungene Schrift zierte die braune Fassade und leuchtete in einem hellen Rot. Davor sah sie ein junges Pärchen und einen älteren Herrn auf weißen Stühlen sitzen, doch ihr Blick schweifte wie gewohnt zu den zwei leeren Stühlen, die etwas abseits im Schatten eines goldbraunen Baums standen.

Sie hörte ihr eigenes schrilles Lachen und spürte mit einem Mal kaltes Eis an ihrer Wange hinunterlaufen. Ein kehliges Lachen erklang, rau und tief, und kurz darauf vernahm sie seine Lippen an ihrer Wange. Mit den Händen an seiner Brust versuchte sie ihn wegzudrücken, während er sich weiter zu ihr beugte und mit beiden Händen ihr Gesicht festhielt.

»Emma«, hörte sie ihn dicht an ihrem Ohr murmeln. Das Wort, das aus seinem Mund ganz anders als bei allen anderen klang, und spürte, wie ihre Arme nachgaben.

Seine Mundwinkel hoben sich verschmitzt, als er es erkannte. Seine Hand schob sich in ihren Nacken und …

Ein Hupen ertönte. Erschrocken richtete sie ihren Blick auf die Straße und setzte ihren Fuß erneut auf das Gaspedal. Sie fuhr an den Straßenrand, um das Auto hinter sich vorbeizulassen. Knarrend rauschte es an ihr vorbei.

Sie blieb noch einen Moment sitzen und atmete tief durch, ehe sie den Gang einlegte und nach Hause fuhr.

Auf den Straßen herrschte nun mehr Verkehr und sie war froh, als sie endlich das Auto in ihrer Auffahrt abstellte und die Stufen zur Veranda hinauflief.

Nachdem sie alles sorgfältig in den Kühlschrank ein-geräumt hatte, ging sie ins Badezimmer. Mit einer kräf-tigen Bewegung drehte sie den Wasserhahn auf und ließ heißes Wasser in die Badewanne laufen. Aus einem klei-nen Schrank holte sie Badesalz und Kieselerde und schüttete sogleich ein wenig davon hinzu.

Sie warf einen Blick in den Spiegel und zog ihre nach vorne gefallenen Schultern zurück. Mit einer Hand löste sie die Schlaufe an ihrem Dekolleté und ließ ihr Kleid langsam über ihre Schultern gleiten. Sie betrach-tete ihren schlanken Körper, ihre kleinen Brüste und die schmale Taille.

Sie wusste, dass sie hübsch war. Das konnte sie an den Blicken der Männer sehen, wenn sie durch die Stadt lief. Sie lächelten sie hin und wieder über die Straße hin-weg an oder öffneten ihr mit einer überschwänglichen Geste eine Ladentür. Obwohl sie nie die Blicke erwi-derte, schien sie dennoch irgendetwas an sich zu haben, das sie magisch anzog.

Sie wandte sich von ihrem Spiegelbild ab und ließ sich langsam in das Wasser gleiten. Der Geruch von Kiesel-erde stieg ihr in die Nase und sie spürte, wie sich ihre Muskeln ein wenig entspannten.

Sie legte ihren Kopf zurück und dachte daran, wie sie vor wenigen Monaten das erste Mal mit Richard ge-schlafen hatte.

Es war an ihrem Jahrestag geschehen, ganz unge-zwungen und aus der Situation heraus. Er hatte auf dem Wohnzimmerteppich ein Abendessen mit Kerzenlicht und Rotwein angerichtet. Sie hatten getrunken, erzählt, und irgendwann zu später Stunde war in ihr das Gefühl aufgekommen, es nun wagen zu wollen. Also hatte sie ihn geküsst, inniger als all die Küsse zuvor, und hatte ihm so gezeigt, dass sie bereit war.

Am nächsten Tag hatte sie auf ihrem Balkon gesessen, die Beine übereinandergeschlagen, den Blick hinaus auf die roten Dächer St. Marys' gerichtet, und hatte versucht, die Leere in ihrem Inneren zu füllen. Sie hatte sich schlecht gefühlt, als hätte sie ihn verraten, und egal, was sie an diesem Tag getan oder gedacht hatte, sie hatte das Gefühl nicht loswerden können.

Doch das Verheerende war nicht einmal das Gefühl, James betrogen zu haben. Sondern die Tatsache, dass ihr in der Nacht mit Richard bewusst geworden war, dass ihr Körper noch immer jemand anderem gehörte. Und während sie so dagesessen hatte, auf ihrem Balkon in St. Marys, hatte sie sich gefragt, ob es jemals anders sein würde.

»Es muss«, hauchte sie mit geschlossenen Augen. »Für ihn.«

Als das Wasser kalt wurde, stieg sie aus der Badewanne. Sie trocknete ihren Körper mit einem Handtuch ab und warf sich ein frisches Kleid über. Anschließend lief sie hinunter in die Küche und bereitete sich etwas zum Essen zu. Das warme Abendlicht fiel durch das Küchenfenster und mit dem Teller und einem Glas Wasser in der Hand lief sie hinaus auf die Veranda.

Die Sonne brannte bereits tief am Horizont, und

während Emma aß, sah sie zu, wie ihre Heimat in einem schimmernden Rot erleuchtete und sich nach und nach die Dunkelheit über sie legte. Sie blieb noch eine Weile sitzen und beobachtete die stille Dunkelheit, ehe sie das schmutzige Geschirr spülte. Als sie fertig war, holte sie aus der Wohnzimmerkommode den braunen Karton, den sie mit nach Savannah gebracht hatte.

Sie konnte kaum ihren Blick davon abwenden, als sie ihn auf die Veranda trug und sich erneut, mit dem Rücken an die Wand gelehnt, auf den rauen Balken niederließ. Vorsichtig strich sie den Staub fort und öffnete zaghaft den Deckel. Der Geruch von altem Papier stieg ihr augenblicklich in die Nase und ließ sie tief einatmen. Sie betrachtete die einzelnen, mit Schnüren zusammengebundenen Bündel, die sorgfältig aufeinandergestapelt waren und alle ihre vierundzwanzig Briefe umfassten. Vierundzwanzig unbeantwortete Briefe.

Vorsichtig nahm sie ein Bündel hervor und musterte es gedankenverloren. Mit einem Finger fuhr sie sacht über das staubige Papier und öffnete vorsichtig die spröde Schnur.

Sie dachte daran, wie sie drei Monate lang dagesessen und ihm geschrieben hatte, jede Woche zwei Briefe, und sie dennoch eines Morgens alle vor ihrer Haustür gelegen hatten. Alle ungeöffnet.

»Da hast du deinen Beweis«, flüsterte sie und atmete tief ein. »Genau vor dir.«

So viel vertraute Wärme der Anblick ihr auch schenkte, so viel schmerzende Sehnsucht bereitete er

ihr, und sie musste sich darauf konzentrieren, ruhig ein-
und auszuatmen. Als sich die Schwere in ihrer Brust gelöst hatte, nahm sie die Briefe einzeln hervor und las an
diesem stillen Abend erneut die Worte, die schon eine
viel zu lange Zeit ihr Leben bestimmten.

Nach dem letzten Brief schob sie die Kiste weit von
sich und sah auf sein Haus hinaus. Sie fragte sich, ob es
Schicksal war, dass ihre Wege auf einmal in ganz unterschiedliche Richtungen geführt hatten. Vielleicht war es
immer ihre Bestimmung gewesen, weg von hier zu
kommen, um irgendwo ein neues Leben zu beginnen.
Um mit Richard ein neues Leben zu beginnen.

»Weißt du, Emma«, hatte Harry einst vor langer Zeit
in einem Gespräch über ihre Mutter gesagt. »Manchmal
hat das Universum aus Gründen, die wir uns nicht erklären können, andere Dinge mit uns vor. So verlangt
es zum Beispiel manchmal von uns, Abschied zu nehmen, noch bevor wir Abschied nehmen können.« Er
hatte sich näher zu ihr gebeugt und sie bedacht angesehen. »Aber du weißt, was mit besonderen Menschen geschieht, oder?«

Sie hatte den Kopf geschüttelt und ihn neugierig angesehen.

»Sie werden als Stern an den Himmel versetzt.«

Bei seinen Worten hatte sie hinauf an das Sternenzelt
geblickt und sich gefragt, ob ihre Mutter auch ein Stern-
bild war. »Werden wir später auch einmal an den Himmel versetzt?«, hatte sie ihn gefragt.

Er hatte ihr daraufhin sanft mit seiner Hand durch

das Haar gestrichen und sie warm angelächelt.

»Wir werden die hellsten Sterne sein.«

Nun, während Emma Jahre später unter dem klaren Sternenhimmel saß, dachte sie daran, wie sie an manchen Abenden hinaufschaute und ihn dort suchte, den hellsten Stern am Himmelszelt, und wie sie dennoch immer hoffte, sie würde ihn dort niemals finden.

***

Zur selben Zeit lag James William Harrington mit dem Rücken auf dem Boden und sah hinauf in den Sternenhimmel.

Er lag fast jeden Abend hier, die Beine weit von sich gestreckt, die Arme unter seinem Kopf verschränkt, und beobachtete, wie der Mond mit seinem silbrigen Schimmer die Sterne erhellte. Es war seine Art, den Tag ausklingen zu lassen. So konnte er über das nachdenken, was am Tag geschehen war, und seine Muskeln entspannen. Sie schmerzten oft am Abend, selbst nach solch langer Zeit, doch das störte ihn nicht.

Auch heute brannten seine Schultern und Arme und er streckte sich kurz, um ihnen Freiraum zu gewähren. Dann legte er erneut seinen Kopf ab und sah hinauf. Er entdeckte den kleinen Wagen, den Polarstern, und spürte, wie ihn Ruhe überkam. Der Gedanke, dass sie seit Jahrtausenden existierten, gab ihm das Gefühl von Beständigkeit und Halt, und er fragte sich, ob er der Einzige war, dem es so erging.

Die Rufe einer Grille erklangen dicht neben ihm, und während er still und leise ihrem Gesang lauschte, drangen wie so oft die Worte Robert Frosts in seine Gedanken.

Der Wald ist lieblich, schwarz und tief,
doch ich muß tun, was ich versprach,
und Meilen gehn, bevor ich schlaf,
und Meilen gehn, bevor ich schlaf.

Er wiederholte sie ein weiteres Mal in seinen Gedanken, ehe er zufrieden seine Arme hinter seinem Kopf verschränkte und weiter nach Sternbildern suchte. Er wusste, dass ihm noch eine lange Nacht bevorstand, und so machte er es sich bereits bequem.

Er mochte es, allein zu sein. Nicht immer, das gewiss nicht, doch hin und wieder genoss er es. So konnte er der Stille lauschen und seinen Gedanken freien Lauf lassen. An manchen Abenden auch, wenn er seine eigenen Gedanken nicht hören wollte, setzte er sich zu den anderen an das Lagerfeuer und hörte zu, wie sie Geschichten aus ihren Leben erzählten. Es waren sehr unterschiedliche Geschichten, auch wenn sie alle aus ein und demselben Grund hier waren. Sie zu hören, erinnerte ihn oft an das, was er selbst verloren hatte, und in solchen Momenten war es für ihn an der Zeit, das Lagerfeuer zu verlassen und hierherzukommen.

Früher wäre es für ihn unvorstellbar gewesen, sich einfach auf den Boden zu legen und die ganze Nacht in den Himmel zu schauen. Als Kind hatte er in der Schule kaum länger als eine Stunde ruhig auf seinem Stuhl sitzen können. Für ihn hatte sich das Leben draußen vor der Tür abgespielt, in den bunten Straßen Charlestons, wo er die ersten Jahre seines Daseins verbracht hatte. Er hatte einige Freunde außerhalb der Schule gehabt, darunter einen Schwarzen, was seiner Mutter nicht sonderlich gut bekommen war. Sie hatten oft die Tage gemeinsam verbracht und in den Straßen Charleston getanzt, um sich ein paar Pennys dazuzuverdienen. Entsprechend waren auch seine Noten gewesen, etwas, worauf er nicht sonderlich stolz gewesen war, bis sein Vater eines Tages beschlossen hatte, ihn häufiger mit hinaus auf See zu nehmen.

Sie waren meist früh in den nebligen Morgenstunden noch vor Sonnenaufgang aufgebrochen und erst spät am Nachmittag zurückgekehrt. In der Zeit hatte sein Vater ihm viel über Meeresströmungen und Wetterbestimmungen beigebracht, über die Systematik von Booten und die Bedeutung guter Ausrüstung. Er hatte ihn die Kunst des Fischens gelehrt, eine zuerst eher mühselige, doch dann durchaus lohnenswerte Angelegenheit, und hatte ihm das Handwerk von Seemannsknoten beigebracht. In der Zeit sprachen sie wenig über andere Dinge, auch nicht über die Eheprobleme, die sich immer stärker zwischen seinen Eltern aufgetan hatten. Es war ein stummes Abkommen zwischen ihnen gewesen, eine Art Kodex, an den sie sich hielten, sobald sie einen Fuß auf das kleine, wackelige Holzboot setzten.

Als er fünfzehn gewesen war, waren sie schließlich nach Savannah gezogen. Dort beendete er die Schule und lernte wie sein Vater das Handwerk eines Automobilmechanikers. Er verdiente gutes Geld für sein junges Alter, sechstausend im Jahr, und sparte viel auf seinem Konto. Er war immer ein sehr sparsamer Mensch gewesen, genau wie sein Vater, und mochte den Gedanken, ihm sehr ähnlich zu sein.

Noch heute erinnerte er sich an den Tag, als ihn der Brief erreichte, der sagte, dass sein Vater eines Morgens nicht mehr aufgewacht war. Er war zu dem Zeitpunkt erst ein Jahr im Krieg gewesen und bedauerte es sehr, ihn nicht noch einmal gesehen zu haben. Es gab ihm den Anstoß, über seine Beziehung zu seiner Mutter nachzudenken. An die Gründe, warum sie gegangen war und warum sie beide heute waren, wo sie waren. Sie hatte ihn und seinen Vater verlassen, als er sechzehn gewesen war, und bis zu seinem Einbezug hatte ihre Beziehung hauptsächlich aus spärlichen Telefonaten bestanden. Früher hatte er nie verstanden, warum sie seinen Vater verlassen hatte, doch allmählich erkannte er, dass sie einfach zu verschieden gewesen waren.

Ein Lüftchen kam auf und trug die ruhigen Stimmen der anderen zu ihm, wie sie am Lagerfeuer saßen und ihre Sinne mit verdünntem Bier berauschten. Er mochte die meisten, auch wenn er seit geraumer Zeit wenig Interesse daran hatte, Anekdoten aus seinem Leben mit ihnen zu teilen. Die Zeit, so musste er sich eingestehen, hatte ihn zu einem anderen Menschen gemacht. Das wusste er nicht nur selbst, das sagten auch alle anderen. Er war verschlossener geworden, wachsamer, und betrachtete Menschen zweimal, bevor er ihnen vertraute. Der Einzige, dem er sich in all den Jahren anvertraut hatte, war Raymond. Er war derselben Infanterie-Brigade zugeteilt gewesen wie er, einer Einheit im Zentralhochland Vietnams, und hätte er sich nicht eines Nachts zu ihm vor das Lager gesetzt, hätte er ihn vermutlich nie kennengelernt.

»Du kannst auch nicht schlafen?«, hatte er ihn gefragt und sich dabei wie James auf den Rücken gelegt und seine Arme hinter seinem Kopf verschränkt.

James schwieg und suchte weiterhin den Himmel nach Sternbildern ab.

»Du hast Angst, zu vergessen«, sagte Raymond nach einer Weile. »Angst, eines Morgens aufzuwachen und nicht mehr zu wissen, wer du bist. Angst, dass alles aus deinem früheren Leben nach und nach schwindet, ohne dass du es merkst.«

Bei seinen Worten senkte er leicht den Blick, doch ihm war nicht danach, zu antworten.

»Manchmal wache ich auf und höre nicht mehr ihre Stimme«, vertraute Raymond sich ihm weiter an. »Ich habe Angst, dass ich sie irgendwann gar nicht mehr sehe. Dass ich sie ganz vergesse und zu einem Menschen werde, der ich gar nicht bin. Ich kann es nicht einmal beeinflussen. Das macht mir am meisten Angst. Hilflos zusehen zu müssen, wie sich alles verändert.«

Nachdem seine Stimme verklungen war, dachte

James in Ruhe über Raymonds Worte nach.

»Wer ist deine Hoffnung?«, hörte er ihn schließlich fragen.

Er richtete seinen Blick wieder hinauf zu den Sternen, und obwohl er wusste, dass Raymond auf eine Antwort wartete, schwieg er dennoch lange Zeit.

»Emma«, hauchte er sodann und erkannte, dass es viel zu lange her war, dass er ihren Namen ausgesprochen hatte.

Das laute Klirren von Flaschen drang nun zu ihm. Es schien, als machten die anderen sich auf zu ihren Schlafplätzen. Er hatte jedoch nicht vor, ihnen zu folgen. Mit ruhigem Atem lauschte er in die Ferne und wartete, bis das Klirren und die Stimmen in der nächtlichen Stille vollends versiegt waren. Dann streckte er sich erneut, entspannte seine versteiften Gelenke und beobachtete, wie die dunklen Blätter sanft in der nächtlichen Hitze an den Zweigen wehten.

Dieser Ort erinnerte ihn immer an Savannah – die Ruhe, die Bäume – und manchmal, wenn er hier draußen saß und in den Himmel sah, fragte er sich, ob sie es auch noch immer tat. Er wünschte sich, dass es so wäre. Dass sie genau wie er am späten Abend hinausging und zusah, wie die Sonne unterging.

»Du bist verloren«, hatte Raymond einmal zu ihm gesagt. »Und nichts auf dieser Welt wird dich jemals retten können.«

Zuerst hatte er nicht verstanden, was genau er damit gemeint hatte. Doch inzwischen wusste er es. Und es stimmte. Er war verloren. Denn wenn er an sein Leben zurückdachte, sah er nur sie. Wie er mit ihr zur Schule gelaufen war. Sie zum ersten Mal unter einer Eiche geküsst hatte. Sie zum ersten Mal geliebt hatte. Egal, woran er aus seinem früheren Leben dachte, er dachte an sie. Als handelte sein ganzes Leben von ihr.

Und das tut es, dachte er, während er so in den Sternenhimmel schaute. Sein ganzes Leben handelte von ihr. Das hatte es schon immer, tat es noch immer, und er wusste, dass selbst wenn das Leben kein gutes Ende für sie vorsah, es dennoch für immer so sein würde.

Und so gelangte James wie an all den anderen Abenden zuvor auch an diesem zu den Entscheidungen seines Lebens. Er dachte über die letzten Jahre nach, über seine Wahl, die er getroffen hatte, seinen Weg, den er eingeschlagen hatte. Er konnte nicht leugnen, wie sehr er es bedauerte. Wie sehr er bedauerte, jemals von ihr gegangen zu sein. Doch immer wieder gelangte er am Ende zu derselben Frage. Der einzig bedeutenden Frage.

Warum hatte sie ihm nicht mehr geschrieben?

***

Der Kies knirschte unter ihren Schuhen, als Emma von der Veranda trat. Mit zögerlichen Schritten lief sie den Weg entlang und hielt ihre Augen fest auf die dunkelgrüne Haustür gerichtet.

Die ganze Nacht hatte sie wachgelegen. Hatte sich

unruhig von einer Seite auf die andere gewälzt, bis sie sich mit angezogenen Beinen auf die Fensterbank gesetzt hatte, genau wie früher, und hinaus auf sein Haus gesehen hatte. In der nächtlichen Schwärze war es kaum zwischen den Bäumen erkennbar gewesen, doch es war schon immer ein beruhigendes Gefühl für sie gewesen. Als hätte sie nur die Nähe gebraucht, die Gewissheit, dass es da war.

Wie in den Jahren zuvor hatte Emma sich auch in dieser Nacht erneut von dem Gedanken treiben lassen, das Haus eines Tages zu kaufen. Es war nach dem Tod seines Vaters vor wenigen Jahren in den Besitz von James' Mutter übergegangen und sie wusste, dass es nicht mehr lange dauern würde, bis jemand anderes seine Geschichte darin schrieb.

»Nur noch einen Monat«, hatte Emma all die Jahre aufs Neue in einem Telefonat gebeten. »Bitte, Diane. Nur noch einen Monat.«

Sie hatte gewusst, dass sie es aufschieben würde, ihr zuliebe, und sobald sie aufgelegt hatte, hatte sie ein schlechtes Gewissen bekommen.

Die Harringtons waren nie sonderlich vermögend gewesen und mit der Scheidung, der Werkstattgründung seines Vaters und dem laufenden Hauskredit war ihr Konto erschöpft. Nachdem James nicht zurückgekehrt war, hatte Emma schließlich begonnen, seiner Mutter jeden Monat einen Scheck zukommen zu lassen. Es war lediglich ein kleiner Teil dessen, was sie als Miete hätte verlangen können, doch sie war genauso stolz und unbeugsam wie ihr eigener Vater und hatte keinen einzigen je eingelöst.

Auch Emma war am Ende ihrer Überlegungen immer wieder in der Realität angelangt. Der Realität, die ihr zeigte, dass selbst wenn sie es sich leisten konnte, das Haus zu kaufen, sie dennoch niemals in der Lage wäre, nach vorn zu schauen. Und sie wusste, dass sie das eines Tages tun wollte. Tun *musste*.

Nun, direkt vor seinem Haus, sah sie hinauf zu den hohen Eichen, die es von beiden Seiten flankierten, als wäre es Teil ihres Netzwerks. Breite Zweige wanden sich ineinander und schlangen sich bis zu den dunklen Dachschindeln. Unter dem dichten Blätterdach glänzte feuchtes Moos, das sich wie eine Decke über die Schindeln legte, während rotgoldene Blätter von den Rinnen regneten und sich auf der Veranda in einem Tanz niederließen.

Sie musterte die hohen Erkerfenster, die von einer dicken Staubschicht bedeckt waren und ihr die Sicht in das schweigende Innere verwehrten, und spürte kaum, wie sie nach und nach näher trat. Zaghaft setzte sie einen Fuß nach dem anderen auf die kargen Holzstufen, den Blick weit hinauf zu den Verandasäulen gerichtet, und fand sich wenige Sekunden später vor der Eingangstür vor. Mit ihrem Finger fuhr sie gedankenverloren die schmalen Risse im Holz nach, ehe sie den goldenen Knauf mit ihrer warmen Hand umschloss und ihn sachte drehte.

Wie erwartet, blieben die Riegel im Schloss verankert.

***

Es war noch dunkel, als er das Lager verließ. Mit einem Rucksack über der Schulter begab er sich auf seine letzte Reise und sah zu, wie die Nacht um ihn herum immer schwärzer wurde.

Er hatte einen weiten Fußweg vor sich, fünf Meilen, und wie in den Jahren zuvor fiel er auch heute in einen steten Rhythmus. Das Laufen war zu einer Gewohnheit geworden. Zwanzig Meilen hatte er im Schnitt am Tag zu Fuß zurücklegen müssen, knapp dreißig Kilo Gepäck auf dem Rücken. Wenn er so darüber nachdachte, fragte er sich, wie er es jeden Tag geschafft hatte.

Ohne es wahrzunehmen, fasste er an seine linke Brusttasche. Wie erwartet, spürte er einen runden, schmalen Gegenstand und hielt ihn einen Moment durch den verwaschenen Stoff seines Shirts hindurch fest. Dann ließ er seine Hand sinken, schob seinen Rucksack zurecht und folgte dem abgeschiedenen Weg vorbei an heruntergebrannten Dörfern und abgelegenen Trümmern.

In der Nacht und den zwei darauffolgenden Tagen reiste er von Schiff zu Schiff, von Zug zu Zug und legte die Meilen dazwischen zu Fuß zurück. In der Zeit dachte er viel über die letzten Jahre nach. Über das Schicksal Vietnams, das sich noch immer in den Wogen des Krieges befand. An Raymond und daran, dass er vermutlich bereits bei seiner Frau war. An John und Rick, deren Leben der Krieg eingefordert hatte. Und an

Emma. Immer wieder an Emma.

Er dachte an ihr bevorstehendes Wiedersehen. An die Dinge, die er sagen würde. An die vielen Nächte, in denen er die Worte immerzu in seinen Gedanken wiederholt hatte, bis er sie auswendig gekonnt und in seinen Träumen gehört hatte.

Auch jetzt wiederholte er sie, während er das erste Mal seit vier Jahren amerikanischen Boden unter seinen Füßen spürte. Er wiederholte sie immer wieder aufs Neue in seinen Gedanken, um das flaue Gefühl in seiner Magengegend zu verdrängen, das er seit geraumer Zeit hatte. Das Gefühl, das ihm sagte, dass er zu spät war. Dass seine Zeit abgelaufen war und nichts jemals wieder so sein würde, wie es einmal war.

Als er in Savannah ankam, war es bereits Abend und das Herbstlicht brach warm durch das dichte Blätterdach der Eichen. Die Fenster und Balkongitter waren mit Efeu und Blumen geschmückt, und während er die leicht belebte Riverfront am Fluss von Savannah entlanglief, blieb er einen Moment stehen.

Er betrachtete die Möwen und Flussreiher, die alten Ziegelsteinhäuser und verschachtelten Treppen. In der Ferne sah er den Hafen, die angelegten Schiffe und emporragenden Kräne. Der Anblick kam ihm unwirklich vor, illusorisch, zu oft hatte er sich in Gedanken diesen Ort ausgemalt. Und während sein Blick über die Landschaft schweifte, wirkte alles mit einem Mal zu vertraut. Als hätte er alles schon mehrfach erlebt.

Bei dem Gedanken erklomm eine Angst seine Brust,

eine unbändige Angst, und er schloss einen Moment die Augen. *Bitte lass es kein Traum sein. Bitte lass irgendetwas anders sein.*

Ein leichter Luftzug streifte seine Wange und trug ihm einen salzigen Geruch in die Nase. Dichtes Stimmengewirr drang in seine Ohren und wurde von dem grellen Schrei einer Möwe durchbrochen. Ein Hupen erklang, gefolgt von dem Bellen eines Hundes und den Rufen einer Frau. Die Augen noch immer geschlossen, lauschte er der Umgebung und atmete in ruhigen Zügen ein und wieder aus – bis ihn mit einem Mal das helle Kichern eines Kindes aufhorchen ließ. Bei dem Klang wurden seine Gesichtszüge weich und seine Lippen verzogen sich kaum merklich zu einem Lächeln. Er öffnete die Augen und warf einen Blick über seine Schulter.

Ein kleines, blondes Mädchen stand dicht neben seinem Vater, eine Hand in seiner, die andere um den Stiel eines Luftballons geschlossen, ein breites, zahnloses Grinsen auf den Lippen.

Sein Blick folgte seinen leichtfüßigen Schritten, bis er es in der Menge nicht mehr ausmachen konnte. Dann wandte er sich wieder ab und richtete seinen Blick auf das Wasser vor sich. Mit einer Ruhe im Herzen beobachtete er noch eine Weile, wie die Sonne immer weiterwanderte und das Abendlicht wärmer wurde, ehe er mit gemächlichen Schritten die Riverfront verließ und sich von dem ruhigen Treiben entfernte.

Während er in die Straße zu seiner Rechten einbog,

erkannte er, wie wenig sich seit jeher verändert hatte, und ertappte sich dabei, wie er sich ausmalte, sein Leben genau an der Stelle fortsetzen zu können, wo er vor Jahren aufgehört hatte.

Er bog in eine weitere Straße ein, die von dem städtischen Treiben Savannahs in das ruhige Umland führte, und spürte, wie er mit einem Mal nervös wurde. Die Erinnerung an die unbeantworteten Briefe drang in seine Gedanken. Die Angst, dass sie ihm nicht verziehen hatte. Die Vermutung, dass sie gar nicht mehr in Savannah war.

Sie muss, dachte er, während er in die Ferne schaute. *Sie muss einfach noch hier sein.*

Vor seinen Augen tauchte der Wald auf und er lief einen kleinen Pfad hinab, ehe er an der letzten Biegung ankam. Durch die Bäume hindurch erkannte er bereits die Umrisse seines Hauses, und als er den Wald hinter sich ließ, erschien vor ihm der prachtvolle Rot-Ahorn in seiner leuchtend roten Herbstfärbung.

Bei dessen Anblick verlangsamte er seinen Schritt und warf einen Blick hinauf. Während er die einzelnen Blätter musterte, machte er einen Schritt auf ihn zu und ließ den Blick an dem graubraunen Stamm hinunterwandern. Dann lief er gemächlich weiter und betrachtete dabei die zersplissene Veranda seines Hauses, die eierschalenfarbenen Wände und die dunkelgrüne Haustür, ehe er zu ihrem Haus sah.

Bereits aus der Ferne sah er sie auf der Veranda.

Ohne den Blick von ihr zu wenden, lief er auf sie zu.

Sah, wie sie in einem hellen Kleid und mit einem Buch in der Hand auf ihrem Stuhl saß. Wie sie den Kopf mit ihren schulterlangen Haaren hob und aufschaute. Wie sie langsam von ihrem Stuhl aufstand und zögerlich die Stufen der Veranda hinunterlief. Ihren Blick nicht von ihm abwandte und zaghaft weiterging. Einen Fuß nach dem anderen. Und noch einmal. Bis sie auf einmal stehen blieb.

Als sie sich nicht mehr von der Stelle rührte, setzte er gemächlich die letzten Schritte auf sie zu, schaute in das vertraute Gesicht, das er so lange herbeigesehnt hatte, und war nun endlich wieder da. Nach vier Jahren. Achtundvierzig Monaten. Hundertzweiundneunzig Wochen. Eintausenddreihundertundvierundvierzig Tagen.

Nun war er endlich wieder dort, wo er immer hatte sein wollen.

5

Das Erste, das in seine Gedanken kam, als er ihr gegenüberstand, war, dass sie noch schöner war, als er es in Erinnerung hatte.

Ihr Gesicht war blass, genauso wie früher, und trug lediglich eine leichte Röte an den Wangen. Ihre Lippen waren etwas voller, ihre Gesichtszüge markanter, und dennoch wirkten sie angenehm weich. Feine Falten, die er zuvor nicht gekannt hatte, zierten ihre Augen, und ihre Haare waren etwas dunkler. *Doch ihre Augen*, dachte er, *ihre Augen sind noch genau wie früher.*

Ohne zu blinzeln, starrte sie ihn an. Ihre Haltung war steif, geradezu zurückhaltend, und während er sie sah, überkam ihn auf einmal die Angst, dass er vielleicht gar nicht erwünscht war.

»Hallo, Emma«, hörte er sich sagen, die Stimme fremd, und sah, wie sie bei dem Klang ihres Namens auf seine Lippen schaute.

Sein Mund blieb leicht geöffnet, als wollte er ihr all die Dinge sagen, die er so dringend hatte sagen wollen. Doch in seinem Kopf herrschte nichts als Leere, einsame, stille Leere. Zu gebannt war er von ihrem Anblick.

Ohne sich zu rühren, fand ihr Blick wieder seinen. Das helle Grün ihrer Augen schimmerte wie eine Weide nach leichtem Sommerregen, und er erkannte erneut, wie verloren er doch war. Spätestens, als sie mit einem Mal einen Schritt nach hinten setzte, weg von ihm, und ihren Kopf leicht schüttelte.

Es versetzte ihm einen Stich, zu sehen, wie sie zurückwich, doch dann bemerkte er, wie sie auf einmal die Stirn in Falten legte und das helle Grün ihrer Augen unter Tränen verschwamm.

»James?«, hauchte sie atemlos.

Es war ein einziges Wort und doch schien es die Antwort auf alle unbeantworteten Fragen zu sein.

Die Sehnsucht in ihrer Stimme ließ seine Schultern einsinken und gerade, als er einen Schritt auf sie zusetzen wollte, sprang sie mit einem Satz in seine Arme und schlang ihre Beine eng um seinen Körper. Er packte sie mit beiden Händen, während sie ihr Gesicht an seinem Hals vergrub, und drückte sie fest an sich.

Und dann, während sie versuchten, vier Jahre innerhalb weniger Sekunden ungeschehen zu machen, fingen sie beide an zu weinen.

Sie weinten sich all die Ungewissheit der vergangenen Jahre von der Seele, all den Kummer und die Sorgen. Eng umschlungen wiegte er sie auf seinem Arm, fuhr mit seiner Hand über ihre Haare und atmete ihren vertrauten Geruch ein.

Er hätte nicht sagen können, wie lange sie so verharr-
ten, und hätte er es nicht besser gewusst, hätte er gesagt,
die Welt stand einen Moment für sie still. Gab ihnen
die Zeit, die sie in all den Jahren verloren hatten, in nur
wenigen Sekunden zurück.

Er schloss die Augen und atmete tief ein. »Du hast
mir so gefehlt«, flüsterte er dicht an ihrem Ohr und hielt
sie fest an sich gedrückt. »So unendlich gefehlt.«

Er spürte, wie sie ihn mit ihren Beinen noch fester
umschlang und ihre Hände dabei in seinen Rücken
grub. Es erfüllte ihn mit Hoffnung, Zuversicht, und er
erkannte, dass all seine Ängste und Zweifel nichtig gewesen waren. Während er sie hielt, war es, als hätte es
nie die letzten vier Jahre gegeben. Als wäre er nie fort
und immer hier bei ihr gewesen. Sie fühlte sich noch
genauso an, genauso warm und vertraut.

»Ich dachte, ich würde dich nie wiedersehen«, hörte
er sie an seinem Hals flüstern. »Ich hatte solche Angst.«

Beruhigend fuhr er über das Kleid und hinterließ dabei mit jedem Finger ein leichtes Prickeln auf ihrer
Haut.

»Ich auch«, hauchte er. »Aber jetzt bin ich hier und
wir haben alle Zeit der Welt.«

Bei seinen Worten grub sie ihre Hände stärker in seinen Rücken, als könnte sie ihn so daran hindern, jemals
wieder von ihr zu gehen.

Als seine Arme begannen, unter ihrem Gewicht zu
spannen, trug er sie langsam hinüber zu ihrer Veranda
und ließ sich mit ihr auf der obersten Stufe nieder. Die

Arme noch immer um sie gelegt, genoss er ihren Atem an seinem Hals und spürte, dass er endlich angekommen war.

Ihr Blick suchte seinen, das Blau seiner Augen so vertraut und innig, wie es schon immer gewesen war. Mit weit geöffneten Augen musterte sie ihn eindringlich, die Wangen von dem Salz ihrer Tränen gerötet. »Wo bist du nur gewesen? Warum bist du jetzt erst zurückgekommen? Sie haben dich als vermisst erklärt, James.«

»Vermisst?«, fragte er, die Augenbrauen zusammengezogen. »Nein, um Gottes willen, nein, Emma, ich wurde niemals vermisst.«

Tränen rollten erneut ihre Wangen hinab. Mit seinem Daumen fing er sie auf und strich sie sanft fort.

»Aber du bist nicht zurückgekommen. Ich habe die Akte gesehen. Warum bist du nicht zurückgekommen? Warum hast du mir nicht mehr geschrieben?«

Er furchte die Stirn, als er die Sorge in ihren Augen sah. »Ich habe dir geschrieben. Unzählige Briefe. Vom ersten Moment an bis vor einem Jahr«, sagte er nachdrücklich, und sie wusste, dass sie niemals den Anblick der Schwere in seinen Augen vergessen würde. Die Schwere, die für alles sprach, was in den letzten Jahren geschehen war.

Sie hatte immer gedacht, seinen letzten Brief zu besitzen. Zu hören, dass es noch mehr davon gab, ließ ihren Blick jede Stelle seines Gesichts erkunden, als könnte sie dort all die verlorenen Worte lesen. »Aber wie …«

Sein Gesicht wurde ernster und für einen Moment glaubte sie, einen Hauch Angst darin zu sehen. »Ich habe meinen Dienst um zwei Jahre verlängert, Emma. Ich ...«

Sie fasste seinen Arm, während seine Hand noch immer an ihrem Gesicht ruhte. »Verlängert?«, hauchte sie und versuchte zu begreifen, was all das zu bedeuten hatte. »Aber ... warum sind all meine Briefe zurückgekommen?«

»Du hast mir geschrieben?« Er legte die Stirn in Falten und mit einem Mal schien er auf seltsame Weise betreten.

»Natürlich habe ich dir geschrieben, James. Wie kommst du darauf, zu denken, ich hätte aufgehört?«, hörte er sie sagen, und als er in ihr Gesicht sah, in die Augen, die ihn noch immer voller Sehnsucht anblickten, fragte er sich, wie er es jemals hatte anzweifeln können.

»Ich dachte, du hast mir nicht verziehen. Ich dachte ... nach allem ... Ich dachte, du hast mir nicht verziehen.«

Während sie ihn betrachtete, spürte sie seine innere Zerrissenheit und irgendetwas in ihr deutete ihr, dass sie die gleiche Zerrissenheit spüren sollte. Doch in ihrem Herzen sang eine weitere Stimme, eine viel verlockendere und beständigere Stimme, die ihr sagte, dass er wieder hier war. Dass James hier war, wohlauf und dicht bei ihr, und in diesem Moment, wenn auch nur für diesen einzigen Augenblick, war es alles, was zählte.

Ihr Griff um seinen Arm festigte sich. »Warum konnte ich dich nicht erreichen?«

Er seufzte tief und schloss einen Moment die Augen. »Ich wurde nach meiner Dienstverlängerung einer anderen Infanterie zugeteilt. Ich habe es dir in einem meiner Briefe geschrieben.«

Sie sah ihn schweigend an, die Worte eine verworrene Aneinanderreihung in ihrem Kopf, und dann, als sie das Ausmaß ihres Unglücks zu verstehen begann, füllten sich ihre Augen erneut mit Tränen.

Bei ihrem Anblick zog er ihre Stirn an seine, sodass sie seinen Atem in ihrem Gesicht spürte.

»Oh Emma, es tut mir so leid. Es tut mir so unendlich leid. Hätte ich geahnt … hätte ich geahnt, dass meine Briefe dich nicht erreichen, ich hätte niemals, um nichts auf der Welt, meinen Dienst verlängert.«

Mit einer Hand schob er ihr Gesicht sanft an seine Brust. Er spürte ihren festen Händedruck an seinem Rücken, ihre Wange, die sie eng an seine Brust schmiegte, und wünschte sich, er könnte all die Jahre ungeschehen machen.

»Wie ist all das nur möglich?«, hauchte sie.

Mit seinem Daumen strich er über ihre Schläfe und hinterließ dabei ein angenehmes Gefühl auf ihrer Haut.

»Ich weiß es nicht«, flüsterte er, sein Atem warm an ihrer Stirn, »aber jetzt bin ich hier und es ist alles gut.«

Bei seinen Worten schloss Emma ihre Augen und lauschte dem Klang seines Herzens. Einem Klang, der einzig und allein für sie bestimmt zu sein schien, und während sie sich eng an seine Brust schmiegte, lauschte sie ihm so lange, bis sie es tatsächlich glaubte.

»Du bist so erwachsen geworden«, hörte sie James flüstern und glaubte, einen Hauch Wehmut darin zu erkennen.

»Und du hast richtigen Bartwuchs bekommen«, flüsterte sie zurück. Bei ihren Worten lachte er laut auf, rau und kehlig. Ein Lachen, nach dem sie sich eine viel zu lange Zeit gesehnt hatte.

Nachdem es verklungen war, hob sie ihren Kopf und sah ihn an. Aus der Nähe sah sie nun die Veränderungen, die sie aus der Ferne zuerst nicht bemerkt hatte. Seine gebräunte Haut wirkte etwas ledern wie die eines Feldarbeiters, und um seine hellen Augen sah sie kleine Krähenfüße. Es machte ihn älter, als er tatsächlich war, doch ihr Herz schien noch immer auf dieselbe Art zu antworten.

Mit seiner Hand wischte er ihr sanft die restlichen Tränen von der Wange und ließ sie anschließend dort verweilen. Ohne sich zu rühren, saß sie da und sah ihn an. Sah die Gewissheit in seinen Augen, die Gewissheit, dass sie noch immer alles für ihn war.

Sie schmiegte sich an seine Hand und umschloss sie dabei mit ihren eigenen. Sein Daumen fuhr von ihrem Mundwinkel hinauf zu ihrem Wangenknochen, während sein Blick ihre weichen Lippen suchte. Zärtlich glitt seine Hand zu ihrem Nacken, so wie er es immer tat, bis plötzlich eine Träne an seinem Daumen brach und in ihren Mundwinkel rollte. Es ließ ihn in seiner

Bewegung verharren und er spürte ihren Händedruck, noch bevor er es wagte, ihr in die Augen zu sehen. Die Augen, die ihm zeigen würden, dass sein Gefühl richtig gewesen war.

Mit beiden Händen drückte sie James' Hand stärker an ihr Gesicht. Ihre Stirn war gerunzelt, ihre Augen voll Tränen, ihre Lippen noch immer feucht.

Es bereitete ihm Angst, sie so zu sehen, und er ahnte bereits, dass das, was sie ihm sagen würde, nichts Gutes für ihn bedeutete. Verzweifelt sah er in die Augen, die ihm so fürchterlich vertraut und doch mit einem Mal so fremd erschienen, während er den Mut suchte, ihre Abweisung zu hören.

Sie schaute ihn lange an, als wüsste sie nicht, wie sie es ihm sagen sollte. Ohne den Blick von ihm zu nehmen, führte sie zögerlich seine Hand von ihrer Wange und legte sie in seinen Schoß.

»Ich bin verlobt«, hauchte sie schließlich und beobachtete jede seiner Regungen. »Ich bin verlobt, James.«

Ihre Stimme war nur ein Hauch, und doch versetzte es ihm mit aller Kraft einen Stoß. Seine Schultern sanken ein, bevor er es verhindern konnte, und als sie sein Gesicht betrachtete, wollte sie ihn am liebsten berühren, ihn anfassen und ihm sagen, wie leid ihr alles tat. Wie sehr sie sich all die Zeit nichts anderes gewünscht hatte, als dass er zu ihr zurückkehrte. Als dass sie ein gemeinsames Leben beginnen würden, irgendwo, wo sie das Rad des Schicksals nicht finden würde. Doch statt ihm all das zu sagen, wandte sie mit einem Mal ihren Blick ab und erhob sich.

Sie zupfte ihr Kleid zurecht und strich sich ein paar gelöste Haarsträhnen hinter das Ohr. Anschließend verschränkte sie ihre Arme vor der Brust und entfernte sich ein paar Schritte von ihm.

Mit klopfendem Herzen streckte sie ihr Gesicht gen Himmel und versuchte zu atmen. Versuchte, das Verlangen, das sie in seinen Augen gesehen hatte, aus ihren Gedanken zu drängen. Den Schmerz.

Sie fragte sich, wie er ihr jemals verzeihen sollte, und hörte sich, wie sie hauchte: »Bitte verurteile mich nicht.«

Auf seine Ellenbogen gestützt, saß er noch immer auf der Veranda und starrte an die Stelle, wo sie gerade noch gewesen war. Er schwieg, als hätte er ihre Worte nicht gehört, und mit jeder Sekunde, die ohne eine Antwort verstrich, war es, als würde ihr Herz wunder werden.

Nach einer Weile sah er schließlich zu ihr auf, das Gesicht von einer Schwere gezeichnet, die ihr einen Stich versetzte. »Ich habe nicht vor, dich zu verurteilen.«

Und es stimmte, was er sagte. Sie konnte es in seinen Augen sehen. Dennoch wünschte sich ein Teil von ihr, er wäre wütend auf sie, nur um dieses Gefühl in ihrem Inneren länger unterdrücken zu können.

Er wandte sich erneut von ihr ab und fuhr sich mit beiden Händen angestrengt über das Gesicht. Die Bewegung war verkrampft, und ohne es wahrzunehmen, machte sie erneut einen Schritt auf ihn zu.

»James …«, fing sie an, der Name eine Verheißung auf ihren Lippen, doch hielt inne, denn sie wusste, jedes Wort wäre Wahrheit und Lüge zugleich.

Mit glanzlosen Augen sah sie ihn an und sagte das Einzige, von dem sie wusste, dass es weder heute noch morgen eine Lüge sein würde. »Es tut mir leid.«

Seine Hände senkten sich erneut und gaben sein Gesicht frei. »Du musst dich nicht entschuldigen, Emma.«

Die bloße Erwähnung ihres Namens ließ sie die unnatürliche Distanz zwischen ihnen schließen, und obwohl sie alles andere auf der Welt wollte, nur nicht das, murmelte sie: »Wenn du wieder gehen möchtest, ich …«

»Nein«, sagte er, und die Zärtlichkeit und Hingabe in seinen Augen erschreckten sie. »Ich möchte nicht gehen. Außer …« Er zögerte, während er einen Blick hinter sich zur Haustür warf. »Außer es bereitet dir Probleme, wenn ich hier bin. Dann werde ich gehen.«

Sie schüttelte leicht den Kopf, während sie versuchte, die Tränen, die sich erneut anbahnten, hinfort zu blinzeln. »Nein«, sagte sie. Und dann, ohne dass sie recht wusste, was es bedeutete, fügte sie hinzu: »Er ist nicht hier.«

Er wartete noch einen Moment, da es den Anschein erweckte, als wollte sie noch etwas sagen. Als sie jedoch schwieg, nickte er leicht.

Dann brach die Stille erneut über sie ein, und während sie sich gegenüberstanden, schauten sie einander an, fragten sich, was der andere wohl gerade dachte, wie alles nun weitergehen sollte, jetzt, da er wieder hier war, und was dieses Band zwischen ihnen zu bedeuten hatte, das selbst nach so vielen Jahren noch so ungetrübt schien.

6

»Komm«, sagte Emma. »Lass uns erst einmal reingehen. Du musst am Verhungern sein.«

Bei ihren Worten erhob er sich von der Veranda. Die
Bewegungen waren langsam und zögerlich, als wögen
seine Arme und Beine mit einem Mal schwerer. Dann
schulterte er seinen Rucksack und wartete, dass sie vor-
ging.

Die Luft war auf einmal erdrückend, und während sie
die Stufen der Veranda hinaufstieg, achtete sie darauf,
ihn nicht zu berühren.

Sie trat in das Hausinnere und hielt ihm mit einer
Hand die Tür auf. Während er langsam eintrat, blieb sie
schweigend am Türrahmen stehen und beobachtete
ihn, wie er sich in Ruhe umsah. Erst jetzt, während sie
ihn in ihren Räumlichkeiten stehen sah, nahm sie wahr,
wie groß er war. Wie breit sein Kreuz und wie trainiert
seine Arme waren. Im Vergleich dazu wirkte sein Rucksack an ihm unpassend, geradezu nichtig, und je länger
sie ihn musterte, desto mehr fragte sie sich, was ihm nur
alles in den letzten Jahren widerfahren war.

James ist wieder hier, rief es in ihrem Inneren, und obwohl sie all die Zeit an seine Rückkehr geglaubt hatte und ihn nun vor sich sah, schien es dennoch zu unwirklich, um tatsächlich wahr zu sein.

Aus sicherer Distanz beobachtete sie, wie er ihr Sofa betrachtete, die Bilder, die darüber hingen, als sähe er sie zum ersten Mal. Dann wanderte sein Blick zu ihrer Bücherwand, verharrte dort eine Weile, während er den Bestand musterte, ehe er ihn auf den Essbereich und in die Küche warf.

Mit dem Rücken zu ihr blieb er stehen, und sie konnte ihren Blick nicht daran hindern, über seine Schulterblätter zu wandern, die sich bei jeder Bewegung unter seinem Hemd abzeichneten.

Er wandte sich zu ihr um, einen Ausdruck in den Augen, den sie nicht zuordnen konnte. »Darf ich mich erst einmal frisch machen?«

»Ja«, sagte sie. »Natürlich.«

Sie wandte sich ab und lief in Richtung Treppe. Während sie die einzelnen Stufen hinaufstieg, spürte sie ihn dicht hinter sich und blickte sich noch einmal zu ihm um.

An der obersten Stufe angekommen, blieb sie im Gang stehen und wies auf das Gästezimmer zu ihrer Rechten. »Wenn du möchtest, kannst du deine Sachen hier drin ablegen.«

Beim Anblick des Gästezimmers zögerte er kurz und betrachtete sie einen Moment eindringlich. Seine Augenbrauen waren leicht zusammengezogen, der

Gesichtsausdruck betrübt, als ränge er mit etwas in seinem Inneren. »Ich glaube, es ist besser, wenn ich mir ein Hotelzimmer nehme.«

Durch seine hellen Augen sah er sie aufrichtig an, und noch bevor sie sicher war, ob es gut oder schlecht war, hörte sie sich sagen: »Er ist in St. Marys.« Es klang wie ein Bekenntnis und eine Verschwörung zugleich, und sie fragte sich, wie sie es nur jemals Richard erklären sollte.

Bei ihren Worten runzelte James die Stirn und die Eindringlichkeit in seinem Blick verunsicherte sie. »St. Marys?«

»Ja«, gestand sie und verschränkte die Arme hinter ihrem Rücken. »Ich wohne seit zwei Jahren in St. Marys.«

Er schwieg, auch wenn es vieles gab, das er erwidern wollte. In seinem Kopf kreiste auf einmal eine bestimmte Frage. Eine Frage, deren richtiger Zeitpunkt, sie zu stellen, noch nicht gekommen war.

Als er noch immer nichts sagte, fürchtete sie, dass er ihr Angebot ausschlagen würde, bis sich mit einem Mal etwas in seinen Augen veränderte.

»Nur für eine Nacht«, sagte er schließlich, und sie war sich nicht sicher, ob es ein Versprechen an sie oder eine Bedingung für ihn war.

Eine eigenartige Spannung lag mit einem Mal in der Luft, und erst, als sie leichter Schwindel überkam, erkannte sie, dass sie die Luft angehalten hatte.

Er wandte seinen Blick von ihr ab und trat langsam in das Zimmer. Seinen Rucksack ließ er am Fußende des Bettes auf den Boden gleiten und lief anschließend zu dem großen Fenster. Während er den weißen Rahmen mit einer Hand nachdenklich nachfuhr und hinaus auf sein Haus schaute, holte Emma frische Laken aus der Kommode.

Gerade als sie dabei war, das Laken auszubreiten, wandte er sich erneut zu ihr um. »Lass mich das machen.«

»Nein, schon gut, ich mache das.« Mit Schwung zog sie das Laken hoch und fing anschließend an, es an der Seite hineinzustecken.

»Emma.« Die Art und Weise, wie er ihren Namen sagte, ließ sie in ihren Bewegungen verharren. Er sah sie sanft, aber nachdrücklich an. »Bitte lass mich das machen.«

Unter seinem Blick entfernte sie sich einen Schritt von dem Bett und verschränkte dabei die Hände hinter dem Rücken. »Gut. Dann lasse ich schon einmal das Wasser ein.«

Er blinzelte ihr dankbar zu, ehe er nach dem Laken griff. Das Weiß brachte seine Bräune noch stärker zum Vorschein und sie betrachtete eine Weile sein vertrautes und doch ungewohnt markantes Gesicht, ehe sie sich umwandte und den Raum verließ.

Im Badezimmer schloss sie für einen Moment die Augen. In ihrem Kopf kreisten wild ihre Gedanken, während sie versuchte zu verstehen, was gerade geschah. Ihre Hände zitterten leicht und sie musste erneut tief durchatmen, um sich zu beruhigen. Dann beugte sie sich vorsichtig über die Badewanne und drehte mit einer Handbewegung den Hahn kräftig auf. Während das Wasser laut in die Wanne schlug, bemerkte sie aus dem Augenwinkel, wie er hinter ihr eintrat.

Ohne den Blick abzuwenden, öffnete sie einen kleinen Schrank unterhalb des Waschbeckens und gab etwas Badesalz in das Wasser. Nachdem sie es zurück in den Schrank gestellt hatte, wandte sie sich zu ihm um und stellte überrascht fest, wie nah er ihr war. Reglos blieb sie stehen und genoss den Anblick seiner vertrauten Augen. Die Art und Weise, wie er ihr Gesicht betrachtete. Schon immer hatte er ihr das Gefühl gegeben, vollkommen zu sein, und sie musste sich konzentrieren, um ihn nicht erneut zu berühren.

»Hier sind Handtücher«, sagte sie leise und deutete zögerlich auf den Schrank hinter ihm.

Als er erkannte, dass er im Weg stand, wandte er langsam seinen Blick ab und wich in einer gleitenden Bewegung zur Seite. Die erneute Distanz zwischen ihnen fühlte sich befremdlich an, und für einen kurzen Moment bereute sie, etwas gesagt zu haben.

Wissend, dass seine Augen noch immer auf ihr ruhten, öffnete sie den Schrank, nahm ein Handtuch heraus und legte es neben die Badewanne. »Und da ist Seife, wenn du welche brauchst.« Mit einer Handbewegung wies sie in die Ecke der Wanne, doch er nickte nur.

Dann stand sie ihm noch eine Weile unbeholfen gegenüber, die Hände hinter ihrem Rücken verschränkt, ehe sie sich in Gedanken ermahnte und wieder zur Tür begab.

»Ich schaue in der Zwischenzeit, was ich zu essen dahabe«, sagte sie und stellte mit einem Ziehen im Magen fest, dass er sie noch immer beobachtete.

Er neigte leicht den Kopf. »Danke.«

Sie blieb noch für einen Moment in der Tür stehen und musterte ihn, ehe sie sich auf der Stelle umwandte und verschwand. Draußen schloss sie die Tür hinter sich und ließ sich mit dem Rücken gegen sie sinken. Während ihre Hand noch auf der warmen Klinke ruhte, schloss sie die Augen und spürte, wie eine seltene Wärme sie durchströmte.

Er ist wieder hier, er ist wieder hier, er ist wieder hier, wiederholte sie in Gedanken. Ohne sich zu rühren, lauschte sie noch eine Weile dem plätschernden Wasser hinter sich, dem Beweis, dass James tatsächlich hier war, ehe sie sich von der Tür entfernte und in ihr Zimmer lief.

Sie warf einen kurzen Blick in den Spiegel und öffnete anschließend die Tür ihres Kleiderschrankes. Während sie immer noch dem Wasser aus dem Badezimmer lauschte, schob sie einen Bügel nach dem anderen zur Seite und zog sich schließlich ein frisches Kleid über. Es war cremefarben und leicht und schien ihre Augen noch stärker zum Leuchten zu bringen. Nachdem sie das Kleid an ihrem Körper glattgestrichen hatte, stellte sie sich vor den Spiegel.

Mit ihren Händen kämmte sie sich durch das Haar

und achtete darauf, dass es gut auf ihren Schultern aufsaß. Ihre Wangen waren leicht gerötet und sie sah, wie sich ihre Brust unter ihrem Kleid unruhig hob und senkte.

Hör auf, so schnell zu schlagen, flüsterte sie ihrem Herzen zu, doch hoffte gleichzeitig, das Gefühl würde niemals enden.

Sie schaute in ihre weit geöffneten Augen und legte eine Hand auf ihren Bauch, als das unerbittliche Gefühl sie schwindeln ließ, und versuchte sich zu beruhigen.

Du bist nur nervös, sagte sie sich. *Nichts weiter.* Und doch war da dieses Gefühl, dieses unheimlich berauschende Gefühl, vor dem sie die ganze Zeit solch eine Angst hatte.

Als die Erinnerung an das Essen in ihre Gedanken trat, wandte sie sich von ihrem Spiegelbild ab und lief die Treppe hinunter.

Sie ging in die Küche, legte Kartoffeln in das Waschbecken und fing sogleich an, sie abzuwaschen. Während sie mit ihren Fingern sorgfältig die trockene Erde von der Schale rieb, versank sie in Gedanken an den Moment im Badezimmer. In ihrem Kopf sah sie immer wieder diese Bestimmtheit in seinem Blick. Die Intensität, die sie bis in ihre Träume verfolgte und etwas in ihr hervorrief, von dem sie nicht sicher war, ob es hervorgerufen werden sollte.

Und als er sie küssen wollte …

Sie hatte das Richtige getan. Auch wenn er zurückgekehrt war, war sie jemand anderem versprochen.

Jemandem, der sie liebte. Der sie all die Jahre aufgefangen und in sein Leben gelassen hatte, obwohl ihr Herz einem völlig Fremden gehört hatte. Ihn jetzt zu betrügen, hatte er nicht verdient. Auch wenn ihr Herz ihn in diesem Moment bereits schmerzlich verraten hatte.

Aber wie hätte es das auch nicht tun sollen? Oben in ihrem Badezimmer war auf einmal wieder der Mann, dem sie das Versprechen, ihn für immer zu lieben, bereits vor langer Zeit gegeben hatte.

Sie zog ihre Schultern zurück und schüttelte leicht den Kopf. Dann nahm sie ein Schneidebrett sowie ein Messer hervor und fing an, die Kartoffeln zu vierteln und auf ein Blech zu legen. Als es voll war, gab sie Öl hinzu, Meersalz und Rosmarin, und schob alles sogleich in den Ofen. Anschließend öffnete sie den Kühlschrank und ärgerte sich bei dessen leerem Anblick, nicht mehr eingekauft zu haben. Sie schnappte sich zwei Maiskolben und nahm anschließend die Tüte mit dem frisch gekauften Fisch von heute Morgen hervor: ein Krebs und eine Handvoll Garnelen. Das musste reichen.

Während sie die Garnelen nacheinander aufschnitt und unter fließendem Wasser reinigte, dachte sie daran, Richard anzurufen, um ihm mitzuteilen, dass James hier war. Dass ein Wunder geschehen und er zurückgekehrt war.

Bei dem Gedanken huschte ihr Blick zu der Uhr in der Küche. Sie zeigte acht. Womöglich kam er gerade von der Arbeit nach Hause, legte wie immer seine Uhr am Eingang auf der Kommode ab und verstaute seine Schuhe ordentlich im Schrank. Sie stellte sich vor, wie er seine Krawatte am Kragen löste und die obersten Knöpfe seines Hemdes öffnete. Wie er in die Küche lief, um sich das Essen vom Vortag zu wärmen. Er erneut ihren hinterlassenen Zettel las: *Bald bin ich zurück*, und auf den Anrufbeantworter klickte, um zu schauen, ob sie ihm eine Nachricht hinterlassen hatte. Sie sah, wie er nach der Ansage auf den Boden schaute, wie er sein Essen in Gedanken an sie kaum aß und anschließend in sein Büro lief. Sie wusste, er würde die ganze Nacht arbeiten, so wie die letzten Monate, und darauf warten, dass sie wiederkam.

Sie legte das Messer beiseite und lief langsam zu dem Telefon, das auf einem schmalen Beistelltisch neben ihrem Sofa stand. Nachdem sie den Hörer abgenommen hatte, hielt sie ihn fest umschlossen und verweilte mit ihrem Blick nachdenklich auf den Tasten. Sie fragte sich, wie sie es ihm nur sagen sollte. Wie sie ihm erklären sollte, dass James zurückgekehrt war und sie nun gemeinsam hier waren, hier in Savannah.

Sie hatte ihm so viel erzählt. So viel fürchterlich Wahres. All ihre Gedanken und Gefühle hatte sie ihm in den letzten Jahren mitgeteilt. Er war immer verständnisvoll gewesen, rücksichtsvoll und zuvorkommend. Doch nun hatte sich alles geändert. James war auf einmal da. Er war nicht mehr bloß eine Geschichte aus der Vergangenheit, und sie brauchte Zeit.

»Es riecht köstlich«, hörte sie ihn auf einmal sagen

und fuhr bei dem Klang seiner Stimme auf. Sie legte den Hörer schnell beiseite und wandte sich anschließend zu ihm um.

Er sah gut aus, stellte sie fest, erholt. In verwaschenen Shorts und einem locker aufgeknöpften Hemd lief er auf sie zu und blieb dicht vor ihr stehen. Ein Geruchsschwall an Badesalz und Seife wehte sogleich zu ihr herüber und ließ sie tief einatmen.

»Danke«, sagte sie und sah, dass seine Haare noch leicht feucht waren. »Ich hoffe, es reicht. Ich habe außer einem Krebs und ein paar Garnelen wenig hier.«

Er bemerkte, wie sich ihre Wangen unter seinem Blick leicht röteten, und konnte nicht leugnen, dass es ihm gefiel zu sehen, wie ihr Körper noch immer auf ihn reagierte.

»Mehr als ich mir für heute erhofft habe«, sagte er warm, und ihr kam es vor, als wäre es das erste Mal, dass sein Lächeln seine Augen erreichte.

Gut, dachte sie, auch wenn sie unsicher war, ob die Ruhe in seinen Augen besser war als diese Bestimmtheit, mit der er sie vorhin angesehen hatte.

Als der Geruch nach Rosmarin erneut in ihre Sinne trat, schob sie sich langsam an ihm vorbei, darauf bedacht, ihn nicht mit ihrem Arm zu streifen, und lief in die Küche.

Auch er wandte sich um und verfolgte dabei mit seinem Blick jeden ihrer Schritte. Mit einer Mischung aus Neugier und Sorge stellte er fest, dass sie ihr Kleid gewechselt hatte. Es schmiegte sich enger an ihren

Körper und betonte ihre schmale Figur. Das wellige Haar war kürzer, als er es in Erinnerung hatte, gerade so, dass es auf ihren Schlüsselbeinen auflag, doch es gefiel ihm.

Während sie in die Küche lief, spürte sie seinen Blick auf ihrem Körper, wie er langsam von ihren Haaren hinunter zu ihrer schmalen Taille wanderte. Ohne es wahrzunehmen, hielt sie den Atem an und entspannte sich erst in der Küche. Unfähig zu denken, wartete sie einen Moment, bis ihr einfiel, was sie zu tun hatte.

Sie nahm zwei Töpfe aus einem Schrank neben dem Herd hervor und ließ sogleich in beide Wasser laufen. Aus dem Augenwinkel nahm sie derweil wahr, wie er in die Küche trat. Ohne aufzusehen, wartete sie, bis das Wasser jeweils zur Hälfte die Töpfe füllte, und stellte sie anschließend auf den Herd.

Sein Hemd streifte ihren Arm, als er sich gegen die Theke lehnte, um ihr besser zusehen zu können. »Kann ich dir behilflich sein?«

Sie sah kurz zu ihm auf, ehe sie die Deckel auf die Töpfe legte und den Herd anstellte.

»Ich bin fast fertig«, sagte sie. »Aber wenn du möchtest, kannst du schon den Tisch decken.«

Er nickte und stieß sich von der Theke ab. »Alles noch dort, wo es war?«

»Ja«, sagte sie. »Bis auf die Untersetzer. Die sind jetzt in dem Schrank dort drüben.« Mit einem Finger wies sie hinter ihn.

Er nickte und nahm sogleich zwei hervor. Als er

anschließend hinter ihr einen Schrank öffnete und zwei Teller herausholte, schielte sie heimlich über ihre Schulter und beobachtete ihn. Die Ärmel seines Hemdes rutschten leicht hinunter und entblößten seine braungebrannte Haut. Neugierig folgte sie ihnen weiter hinunter und verweilte kurz auf seinen breiten Schultern, ehe sie schließlich bis zu seiner schmalen Taille wanderte. Als er auf einmal zu ihr sah, wandte sie sich ab und machte sich daran, die restlichen Garnelen zu reinigen. Als das Wasser kochte, gab sie schließlich die Maiskolben hinein und wartete einen Moment, ehe sie den Krebs in den anderen Topf gab. Dann trocknete sie ihre Hände an einem Küchentuch ab und warf dabei einen kurzen Blick aus dem Fenster.

»Wollen wir uns noch etwas raussetzen?«, fragte sie. »Die Sonne ist noch nicht ganz untergegangen.«

Sie wandte sich zu ihm und sah, dass sich seine Mundwinkel hoben. »Gern.«

Die Wärme in seinem Gesicht ließ sie erneut kurz in ihrer Bewegung verharren und sie fragte sich, ob sie sich jemals daran gewöhnen würde.

»Zu trinken kann ich dir leider wenig anbieten. Bier habe ich keins, aber vielleicht finde ich im Keller noch eine Flasche Wein.«

»Wasser ist völlig ausreichend«, sagte er, doch sah, wie sie bereits in Richtung Kellertreppe lief.

Wenige Sekunden später kam sie mit einer verstaubten Flasche Weißwein herauf. »Ist vermutlich inzwischen Essig, aber besser als nichts.«

Er nahm die Flasche entgegen und betrachtete vergnügt das staubige Etikett. »Ein Cabernet Franc aus North Carolina. Na, dann wollen wir mal sehen.«

Während sie zwei Gläser aus der Vitrine nahm und spülte, machte er sich an dem Verschluss zu schaffen. Mit einem lauten *Plopp* entkorkte er die Flasche in einem Zug und schenkte sogleich in ein sauberes Glas ein. Er roch an dem Wein und sie konnte sich ein Schmunzeln nicht verkneifen, als er sein Gesicht leicht verzog. Dann sah sie, wie er das Glas ansetzte und einen Schluck trank, einen Moment wartete, – sich von ihr abwandte und ihn zurück ins Glas spuckte.

»Wasser klingt hervorragend«, sagte er, nachdem er sich wieder ihr zugewandt hatte, und als sich ihre Blicke erneut trafen, lachte sie mit einem Mal auf.

Das Geräusch überraschte ihn und ließ ihn in seiner Bewegung verharren. Mit zunehmender Begeisterung beobachtete er, wie sich die Falten um ihre Augen tiefer gruben und sich ein Leuchten in ihre Augen legte, das eine viel zu lange Zeit verschwunden gewesen und nun wieder viel zu schnell vergangen war.

Ein zaghaftes Lächeln umspielte ihre Lippen, als sie sich dem Kühlschrank näherte. »Dann Wasser.«

Nachdem sie ihnen eingeschenkt hatte, wandte sie sich ihm zu, noch immer ein heimliches Lächeln in den Mundwinkeln. »Wollen wir?«

Er nahm beide Gläser in die Hand und deutete in Richtung Tür. »Nach dir.«

Während sie den leisen Schritten hinter sich lauschte,

trat sie barfüßig hinaus auf die staubige Veranda und sah, wie die Sonne bereits tief am Horizont stand. Die Luft war leicht und angenehm wie an den Tagen zuvor und ließ sie tief einatmen.

Sie setzte sich auf ihren Stuhl und beobachtete aus dem Augenwinkel, wie er es ihr gleichtat. Die Gläser stellte er auf den Tisch vor ihnen und ließ sich anschließend tiefer sinken. Dann schwiegen sie eine Weile, folgten ihren eigenen Gedanken und sahen zu, wie der Tag zu Ende ging.

Von ihrer Veranda aus blickte er hinüber zu seinem Haus, betrachtete die hohen Eichen zu beiden Seiten, und spürte, wie ihn ein Gefühl der Schwermut überkam.

»Sie hat es noch nicht verkauft«, sagte Emma leise, während sie erneut in dem Anblick der weitläufigen Verandatreppe und der hohen Erkerfenster versank. »Und Geld hat sie auch keines genommen.«

Sie konnte seinen Gesichtsausdruck zwar nicht sehen, wusste jedoch, dass er überrascht über ihre Worte war.

»In den letzten Jahren haben wir hin und wieder telefoniert«, setzte sie vorsichtig fort. »Ich glaube, sie bereut vieles, was geschehen ist. Vielleicht solltest du sie anrufen.«

Er schwieg noch einen langen Moment, ehe er leicht seine Lippen aufeinanderpresste, das Zeichen, dass er darüber nachdenken würde. Sie gab sich damit zufrieden und ließ das Thema vorerst ruhen.

Während sie seine Wärme neben sich spürte, dachte sie an all die Fragen, die sie jahrelang im Kopf gehabt hatte. Die sie ihn in ihren Briefen gestellt und in ihren Träumen beantwortet hatte.

»Es ist verrückt, dass wir nach so vielen Jahren nun wieder gemeinsam hier sind«, sagte sie nachdenklich und warf einen Blick auf ihn. »Es lässt einen an Hoffnung glauben.« Erneut durchströmte sie bei seinem Anblick eine Glut, die wie Balsam all die Sorgen der letzten Jahre nahm.

»Wir haben auch einen hohen Preis dafür bezahlt«, antwortete er und sah all die vergangenen Jahre in ihrem Gesicht. »Die Zeit lässt leider nicht mit sich verhandeln.«

Sie brauchte ihn nur anzusehen, um festzustellen, dass er recht hatte. Das Kostbarste war ihnen verloren gegangen. Zeit. Zeit, die womöglich sein Leben vollkommen verändert hätte. Zeit, die auch ihr Leben verändert hätte. Sie dachte an Richard und fragte sich erneut, ob er Teil dieses Lebens gewesen wäre. Als die Antwort klar aus ihrem Inneren hervorkam, erschreckte sie ihre Bereitwilligkeit, immer noch alles dafür eintauschen zu wollen.

Sie wandte ihren Blick von ihm ab und versuchte, ihre Gedanken hinfort zu treiben.

»Und nun erzähl mir von deinem Leben, Em«, sagte er auf einmal und ließ sie bei dem Klang ihres Kosenamens erneut zu ihm schauen. Die Wärme seiner Stimme ließ sie einen Moment zu lange mit dem Blick auf seinen Lippen verweilen, ehe sie hinaus in die Sonne schaute und überlegte, wo sie anfangen sollte. Was war alles geschehen? Wo sollte sie anfangen? Wie sollte sie vier unendlich lange Jahre in wenigen Worten zusammenfassen?

Nachdem sie ihre Gedanken sortiert hatte, holte sie schließlich tief Luft und begann dort, wo sie vor vier Jahren aufgehört hatten.

Sie erzählte ihm vom Schreiben, von den Schwierigkeiten und Zweifeln, die sie in all der Zeit überkommen hatten. Sie erzählte von ihren Sorgen, berichtete von ihren Erfolgen, und fühlte sich ermutigt, als sie seine Begeisterung sah. Sie berichtete von ihrer Arbeit im Café, die ihr Hauptverdienst war, von ihrem Gefallen an den Gesprächen mit alten Leuten, ihren Backkünsten und ihrem Kampf, nicht alle Teller fallen zu lassen. Sie erzählte von Freunden, die nie Freunde waren, von Harry, der ihr Ein und Alles war, und spürte erst am Ende, dass Richard von keiner Erzählung Teil gewesen war.

Während sie in Ruhe über ihr Leben berichtet hatte, hatte James die ganze Zeit über geschwiegen und aufmerksam ihren Worten gelauscht, und während er ihr zugesehen hatte, hatte er gespürt, dass Zeit vielleicht nicht mehr unumstößlich war, jedoch, dass sie ebenso gegenstandslos war. Noch immer sah er das gleiche Strahlen in ihren Augen, die Hoffnung und die Träume, und je länger er ihr zuhörte, desto stärker überkam ihn das Gefühl, dass nichts auf der Welt sich jemals zwischen sie stellen konnte, nicht einmal Zeit.

Als sie fertig war und er weiterhin schwieg, legte sie verlegen den Kopf zur Seite.

»Was denkst du gerade?«, fragte sie und lächelte ihn schüchtern an.

»Nichts«, sagte er, doch konnte nicht verhindern, dass sich seine Mundwinkel hoben. »Ich denke an nichts.« Er schüttelte leicht den Kopf und wandte schließlich den Blick ab, als er spürte, dass er im Lügen versagte.

Während er hinausschaute, betrachtete sie ihn neugierig von der Seite, musterte in Ruhe seine markanten Züge und kurzen Barthaare, und fragte sich, was für ein Mann er wohl inzwischen war. Und doch war es etwas Bestimmtes in seinem Blick, war es die Bedeutung seiner Worte, der Druck seiner Hände, die sie glauben ließen, vertrauen ließen, dass er noch immer der Mann war, in den sie sich vor langer Zeit hoffnungslos verliebt hatte.

»Und nun erzähl mir von deinem Leben, James William Harrington«, sagte sie mit ruhiger Stimme und hoffte, er hörte die Sehnsucht nicht darin.

Bei ihren Worten hob er seine Mundwinkel sanft, ehe er langsam den Blick abwandte und in der Sonne die Geschichte seines Lebens zu suchen schien. Wie sie wusste auch er nicht, wo er anfangen sollte. Und während seine Heimat so leuchtend vor ihm erstrahlte, begann er ganz langsam und ruhig, ihr von seiner Dienstzeit zu erzählen. Er fing an dem Tag an, an dem er Savannah verlassen hatte und für ihn ein Leben begonnen hatte, das so fern von seinem vorigen war wie die Sterne von ihnen. Er erzählte ihr von dem Rekrutenlager, von dem ersten Jahr im Krieg, den Schrecken und Wundern, die er mit sich gebracht hatte, von Menschen und Welten, die so verschieden waren. Er erzählte ihr von verwunschenen Orten, von roten Sonnenuntergängen und klaren Sternenhimmeln, erzählte von Ängsten und Träumen, von Hoffnung und Glaube. Er erzählte ihr von Raymond, Rick und John, von schlaflosen Nächten und tiefen Gesprächen. Erzählte ihr von Geschichten, von ihren Geschichten, wie er sie immerzu in seinem Kopf gehört hatte. Wie sie ihn jedes Mal aufs Neue an einen anderen Ort gebracht hatten, und hörte erst auf, davon zu erzählen, als die warmen Abendstrahlen fast vollständig am Horizont versiegt waren und eine tiefe Ruhe über sie hereingebrochen war.

Während sie schweigend nebeneinander saßen, dachten sie über das nach, was sie soeben über das Leben des anderen erfahren hatten, und versuchten es mit dem in Verbindung zu bringen, was davor gewesen war. Ein Gefühl der Schwermut überkam sie, als sie erkannten, dass es vermutlich nie mehr so sein würde wie zuvor.

Sie wandte ihren Blick ab und schaute erneut in die Ferne. Sie stellte sich ihn vor, wie er an späten Abenden dasaß, am anderen Ende der Welt, und mit ihrer Geschichte im Kopf schweigend zusah, wie die brennenden Strahlen des Tages nach und nach versiegten und die lindernde Nacht ruhig über ihn hereinbrach. Sie stellte sich einen klaren Sternenhimmel vor, besät von Millionen, gar Trilliarden von Lichtern, ganz gleich, an welchem Ort er sich befand.

Während sie hinausschaute, sah sie aus dem Augenwinkel seinen Brustkorb, wie er sich ruhig hob und senkte, und seinen Arm, der entspannt auf der Armlehne ruhte. Sie schielte heimlich auf seine Hand, sah die Spuren seiner Adern, die Kanten seiner Knöchel. Sie wanderte weiter hinauf, sah die roten Sonnenstrahlen in seinem Gesicht, seine Augen, die so hell leuchteten, während sich eine Frage in ihre Gedanken drängte, die ihr Herz nicht länger meiden konnte: Warum war er nicht zu ihr zurückgekehrt, so wie er es versprochen hatte?

Während er hinaus auf sein Haus schaute, spürte er ihren Blick auf sich, mit dem sie sein Gesicht erkundete. Er konnte nicht glauben, dass sie neben ihm saß. Dass sie nach vier Jahren wieder hier war. Hier bei ihm.

Er schaute hinauf, blickte in den Himmel und fragte sich, ob all seine Gebete erhört worden waren. Er war nie sonderlich gläubig gewesen, hatte sein Leben lang gezweifelt und kritisiert. Er hatte sich immer gefragt, wo er war, wenn man ihn doch so dringend brauchte. Wenn man seine Unterstützung brauchte, seine rettende Hand.

Doch ihr Wiedersehen hatte alles geändert. Es war ein Wunder. Ein wahrhaftiges Wunder.

Er blickte zu ihr hinüber und sah, wie ihr goldenes Haar ihr Gesicht leuchtend umspielte. Wie ihre Lippen im Schein der Sonne rosa glänzten und ihre hohen Wangen leicht betonten. Er sah, wie sie den Kopf leicht zu ihm wandte, wie sie bei seinem Blick errötete und ihn neugierig bedachte.

Und während er sie so betrachtete, überkam ihn auf einmal ein Gefühl, so mächtig und stark, dass er fürchtete, noch schlimmer verloren zu sein, als er es jemals vermutet hatte.

7

»Ich sollte, glaube ich, nach dem Essen sehen«, sagte sie und erhob sich aus ihrem Stuhl.

Die Sonne war inzwischen vollständig untergegangen und hatte die Landschaft in ein dunkles Blau getaucht. Der Geruch nach frischem Rosmarin durchzog die laue Abendluft und ließ ihren Magen knurren.

»Soll ich offen lassen?«, fragte er, als er hinter ihr eintrat.

Sie warf einen Blick über die Schulter. »Ja, etwas frische Luft tut gut.«

In der Küche nahm sie die Deckel von den Töpfen und spürte, wie er neben ihr zum Stehen kam. Mit einer Zange holte sie vorsichtig die Maiskolben aus dem warmen Wasser und legte anschließend den Krebs in ein Eisbad. Währenddessen spürte sie seinen Blick auf sich.

»Ich kann dir sicherlich nicht behilflich sein?«, fragte er und lehnte sich erneut neben sie gegen die Theke. Seine Arme waren vor seiner Brust verschränkt und ließen sein Hemd darunter spannen.

»Nein, so viel ist es nicht«, sagte sie, nahm eine

Pfanne hervor und gab Öl hinein. Als sie heiß war, legte sie nach und nach die Garnelen in die Pfanne und würzte sie mit Salz und Chili. Während sie sich langsam rosa färbten, machte sie sich erneut an den Krebs und drehte die Scheren und Beine vom Rumpf ab.

»Wo hast du so kochen gelernt?«, fragte James und beugte sich näher zu ihr, ihre Haut kribbelig unter seinem Atem.

Sie zögerte, doch erkannte, dass es sinnlos war, sich so zu verhalten. Ihr Blick huschte kurz zu ihm, ehe sie in einer Schublade nach einer Krebszange suchte. »Richard hat es mir beigebracht.« Sie drehte den Krebs herum und brach vorsichtig die Schale auf.

Richard, erklang es erneut in seinem Kopf. *Ihr Verlobter.* Er schwieg einen Moment, während er versuchte, das ungewohnte Gefühl, das in seiner Brust anschwoll, zu verdrängen. Es war unnachgiebig und löste einen Sturm in ihm aus, der ihn nahezu in die Knie zwang.

Widerwillig beugte er sich zurück, schaffte die Distanz zwischen sie, die angemessen für ihre Situation schien, und lehnte sich mit noch immer schwerer Brust gegen die Theke. Er räusperte sich und musste sich darauf konzentrieren, seine Stimme nüchtern klingen zu lassen. »Kocht er häufiger?«

»Ja«, sagte sie, dankbar um die Gelassenheit in seiner Stimme, während sie mit einer Schere vorsichtig die Beine aufschnitt. »Es ist eine Art Hobby für ihn.«

Als sie fertig war, nahm sie die Garnelen aus der Pfanne und richtete alles auf einem Teller an.

»Hast du schon die Butter auf den Tisch gestellt?«

»Ja«, sagte er. Dann, als er sah, wie sie zwei Ofen-handschuhe aus einer Schublade hervornahm: »Warte, ich helfe dir. Setz dich.«

Sie zögerte einen Moment, ehe sie sich aus der Küche entfernte und dabei zusah, wie er das Blech mit den Kartoffeln herausnahm.

Nachdem sie alles zu Tisch gebracht hatten, ließen sie sich einander gegenüber auf ihren Stühlen nieder.

»Ich hoffe, es schmeckt dir«, sagte sie und wurde auf einmal unruhig, als sie feststellte, wie nah er ihr war. Sie wusste nicht, ob sie sich täuschte, aber in dem Licht der Esszimmerlampe schienen seine Augen noch heller als je zuvor zu sein.

»Bestimmt.« Ein Lächeln trat auf seine Lippen, und sie wusste, dass sie nie müde über diesen Anblick wer-den würde. »Danke, dass du dir die Mühe gemacht hast.«

Sie hob leicht die Mundwinkel. Dann nahm sie ihr Besteck in die Hand und schaute ihm zu, wie er die erste Gabel nahm. Erneut stellte sie fest, wie gut das Hemd an ihm aussah, und fragte sich unweigerlich, ob er mehr davon hatte. Als er zu ihr aufschaute, wandte sie sich ab und nahm ebenfalls eine Gabel voll.

»Das Essen ist fantastisch, Em«, sagte er.

Bei seinen Worten lächelte sie bescheiden, doch er spürte ihre Anspannung. Während sie eine Weile schwiegen, beobachtete er sie in Ruhe.

»Lebt Harry eigentlich noch hier?«

Sie schüttelte ihren Kopf. »Er wohnt seit zwei Jahren in einem Seniorenheim in St. Marys. Ich wollte erst nicht, dass er dorthin geht, aber er hat darauf bestanden.«

»Aber es geht ihm gut?« Seine Stimme klang besorgt.

»Ja«, sagte sie und schaute ihn nachdrücklich an. »Sein Rücken macht ihm zu schaffen und seine Gelenke sind ein bisschen eingerostet. Aber sein Herz schlägt gut.«

Er nickte und sie sah, wie er darüber nachdachte. Als er weiter nichts sagte, senkte sie den Blick und fasste nachdenklich an ihr Glas.

»Wir können ihn morgen besuchen gehen, wenn du möchtest. Es sind etwa zwei Fahrtstunden von hier.«

Er dachte einen Moment darüber nach. »Wenn es dir nichts ausmacht?«

Ihr Magen zog sich bei dem Gedanken zusammen, doch sie sagte: »Nein, gar nicht.«

Während sie einen Schluck Wasser trank, spürte sie seinen durchdringenden Blick auf sich. Dann sah sie, wie er ihn erneut auf den Teller richtete und etwas auf seine Gabel schob.

»Wann ist es so weit?«

Als sie fragend aufschaute, deutete er mit einem leichten Nicken auf den Ring an ihrem Finger. Es war ein eigenartiges Gefühl und sie wünschte sich mit einem Mal, sie hätte ihn vorhin noch schnell von ihrer Hand geschoben.

»In zwei Monaten«, sagte sie und versuchte dabei die Nervosität, die sie bei der Erinnerung daran überkam, zu unterdrücken. Auch er schien zu erkennen, wie bald sie eine verheiratete Frau sein würde, denn er nickte bloß und schwieg.

Er betrachtete sie noch einen Moment nachdenklich, ehe er erneut seine Gabel aufnahm. Obwohl er unsicher war, ob er die Antwort wissen wollte, hörte er sich beiläufig fragen: »Kennt man ihn?«

Sie war überrascht über seine Frage, auch wenn sie vollkommen berechtigt war. »Nein«, sagte sie und schüttelte den Kopf. »Er stammt ursprünglich aus Massachusetts und ist nach seinem Studium in Atlanta nach St. Marys gezogen.«

»Wie habt ihr euch kennengelernt?«

Sie legte ihr Besteck für einen Moment beiseite und strich sich ein paar lose Haarsträhnen aus dem Gesicht. »Im Park«, sagte sie schließlich. »Ich habe dort häufig die Nachmittage verbracht und gelesen. Eines Tages hat er mich angesprochen und mich gefragt, ob ich mit ihm ausgehen möchte.«

Als er nach seinem Glas griff, waren seine Gesichtszüge weich und seine Augen aufrichtig, dennoch spürte sie deutlich seine Anspannung.

Nachdem er einen Schluck getrunken hatte, stellte er es erneut auf dem Tisch ab und hinterließ dabei ein dumpfes Geräusch. »Und was ist dann passiert?«

Sie zögerte und hob ihre Schultern. »Dann war er einfach immer da«, gestand sie und sah ihm fest in die Augen. »Er hat mir das Gefühl gegeben, dass ich nicht mehr ganz so allein bin.«

»Klingt, als würde er dir guttun.«

»Das tut er auch.«

Sie schauten sich noch eine Weile schweigend an, ehe er auf einmal nickte und den Blick abwandte. Die Tatsache, dass sie hier in Savannah und Richard hundert Meilen entfernt war, ließ er vorerst unkommentiert.

Sie aßen eine Weile schweigend, während nur das Klirren des Bestecks die Stille füllte. Als sie die Anspannung nicht mehr aushielt, schaute sie auf. Überrascht stellte sie fest, dass er sie beobachtete.

Doch das war nicht das Einzige.

In seinen Augen sah sie die Erinnerung an eine Nacht vor vielen Jahren. Die Nacht, in der sie sich das erste Mal geliebt hatten und am Ende eng umschlungen liegen geblieben waren, Haut an Haut, ein Versprechen zwischen ihnen, das kein Gegenstand der Welt fassen konnte.

Jahre später saßen sie einander gegenüber und sahen sich an, die gleiche Spannung zwischen ihnen wie vor so vielen Jahren – und doch war alles anders.

Sie räusperte sich und wusste, sie konnte das Thema nicht länger aufschieben. Leise legte sie ihr Besteck zur Seite und ließ ihre Hände in den Schoß sinken. Auch er erkannte, dass der Moment gekommen war, und tat es ihr gleich.

Sie schwiegen noch eine Weile, während er wartete, dass sie die Frage aussprach, von der er wusste, dass sie ihr seit ihrem Wiedersehen auf den Lippen brannte.

»Warum?«

Es schien eine einfache Frage zu sein, und doch herrschte eine seltene Stille zwischen ihnen. Sein Blick ruhte lange auf ihrem Gesicht, ehe er sagte: »Es schien das Richtige zu sein.«

Während er die Worte sprach, sah er sie mit einer Ernsthaftigkeit an, die sie nie zuvor bei ihm gesehen hatte. Er wirkte mit einem Mal undurchdringlich, beherrscht, und sie fragte sich, ob es ein Ausdruck war, den er sich über die Jahre angeeignet hatte. Noch bevor sie jedoch eine Antwort darauf fand, erweichten seine Augen, wurden zu denen, in die sie sich vor langer Zeit verliebt hatte, als erinnerte er sich mit einem Mal wieder daran, wer vor ihm saß.

Dann schüttelte er den Kopf, von einer Müdigkeit gezeichnet, bei der sie sich unweigerlich fragte, ob sie jemals verschwinden würde.

»Alles, was den Krieg betraf, ist furchtbar falsch gelaufen«, sagte er mit tiefer Stimme. »Begonnen mit den Motiven, die zu dem Kriegseintritt geführt haben, bis hin zu den Befehlen, die ausgesprochen wurden.« Er schwieg einen Moment, ohne den Blick von ihr zu nehmen. »Krieg verändert die Menschen, Emma. Er verändert sie auf eine Weise, die du dir kaum vorstellen kannst. Die ich mir kaum vorstellen konnte, bis ich es mit meinen eigenen Augen gesehen habe.« Er hielt erneut inne, wog ab, wie viel notwendig war, damit sie verstand.

»In manchen Gebieten gab es eine Ermächtigung zum willkürlichen Handeln«, fuhr er schließlich fort, die

Stirn in tiefe Falten gelegt. »So auch in meinem Gebiet. Und auf einmal haben die Männer, mit denen du abends zusammengesessen und erzählst hast, am nächsten Tag grauenvolle Dinge getan. Als ich sah, was manche taten ... da bin ich dazwischen gegangen. Habe versucht, es zu verhindern. Es war etwas, bei dem ich das Gefühl hatte, dass ich mit meinem Handeln nicht nur Schaden anrichten, sondern auch helfen konnte.« Stille legte sich über sie, während seine Gedanken in der Vergangenheit ruhten. »Und mit jeder Nacht, mit der mein offizielles Dienstende näher gerückt ist, sah ich all die Frauen und Kinder in meinen Gedanken, die ohne mein Dasein ein weitaus schlimmeres Schicksal ereilt hätte. Ich dachte an die, die es morgen und übermorgen und all die Tage danach geben würde. Und obwohl ich mir darüber im Klaren war, dass man meine Verlängerung mit Verwunderung aufnehmen würde, konnte ich nur an das Gute denken, das ich mit meiner Rolle, die mir zuvor gegen meinen Willen auferlegt worden war, tun konnte.«

Er hielt inne und sie erkannte die Bedeutung dieser Entscheidung in seinen Augen. Die Entscheidung, die das erste Mal seit Kriegsbeginn ihm zuteil geworden war.

»Als mein Entschluss klar war, habe ich dir gleich geschrieben. Ich habe versucht, dir meine Lage zu erklären, und gehofft, du würdest es verstehen.« In seinen Augen schimmerte etwas, das sie nicht ganz verstand. Als er es bemerkte, wandte er seinen Blick ab. Zu früh, um es zu ergründen.

Er atmete tief ein und aus, und sie beobachtete, wie sich sein Brustkorb hob und senkte. Ein paar Haarsträhnen fielen in seine Stirn und er strich sie mit einer Hand gedankenverloren zurück, ehe er erneut ihre Augen suchte.

»Und auf einmal war ein Jahr vergangen und ich hatte immer noch keinen Brief von dir erhalten. Ich dachte, du hättest mir nicht verziehen, also habe ich mich in einem letzten Brief von dir verabschiedet und habe dich gehen lassen.«

Seine Worte verklangen und hinterließen eine Stille, in der er fast glaubte, ihren Herzschlag zu hören.

Ihre Haltung war steif und distanziert, während sie nach ihrer Stimme suchte, die auf einmal so fern war. Ihr Körper fühlte sich fremd an, taub, und sie konnte nichts anderes tun, als auf ihren Herzschlag zu vertrauen.

»Sag etwas.« Seine Stimme durchbrach die Leere und ließ ihre Gedanken erneut aufleben. Sie blinzelte und erkannte erst dann, dass sie ihn reglos angesehen hatte.

»Ich weiß nicht, was ich sagen soll«, gestand sie, noch zu vieles in ihrem Inneren, das sie nicht einordnen konnte. »Außer, dass es mir leidtut, dass du all das erleben musstest. Es ist grauenvoll und furchtbar, und ich wünschte, es wäre dir erspart geblieben.«

Sie hielt inne und er sah, wie sie nach Worten rang. Dann schüttelte sie leicht den Kopf, die Augen geweitet. Wo zuvor Leere in ihrem Kopf war, herrschte auf einmal wildes Treiben. Ein Gefühl erklomm ihre Brust, und auf einmal wünschte sie sich die Taubheit zurück.

»Aber dich sagen zu hören, dass du freiwillig verlängert hast … dich gegen mich entschieden hast … Das lässt alles, was wir hatten, in einem anderen Licht dastehen. Als wäre es für dich nicht so besonders gewesen wie für mich. Und ich komme mir auf einmal so albern vor.«

Sie erkannte an seinen Augen, wie sehr sie ihn mit ihren Worten getroffen hatte. Noch nie hatte sie gezweifelt. An dem, was sie einst hatten. Was sie einander waren. Doch anstatt etwas zu sagen, das ihm das Gefühl nahm, schluckte sie gegen die Enge in ihrem Hals an und schwieg.

Mit einem Mal senkte er den Kopf und streifte dabei mit seinem Blick den Ring an ihrem Finger. Sie zog ihre Finger leicht ein, und als sich unter der Bewegung ihre Blicke erneut trafen, glaubte sie in seinen Augen ihre eigenen Worte lesen zu können.

… *dich gegen mich entschieden hast … Das lässt alles, was wir hatten, in einem anderen Licht dastehen. Als wäre es für dich nicht so besonders gewesen wie für mich. Und ich komme mir auf einmal so albern vor.*

Das Gefühl in ihrer Brust löste sich und wurde von etwas anderem, schwererem ersetzt.

Bedauern trat in ihre Augen. »Sie haben dich für vermisst erklärt, James«, sagte sie, die Stimme nur ein Hauch.

Er wollte ihr versichern, dass er verstand, doch

spürte, dass es vieles gab, das sie ihm sagen wollte. Also schwieg er und ließ ihr Zeit, ihre Gedanken zu sortieren.

»Nachdem du gegangen bist, war ich kaum noch ich selbst«, begann sie ruhig, die Augen fest auf ihn gerichtet, als würde sie die Worte darin sehen. »Ich hatte solch eine Angst, dass ich an nichts anderes denken konnte als an dich. Deine Briefe waren mein einziger Halt. Ich habe jeden einzelnen unzählige Male gelesen, bis ich die Worte fast auswendig konnte und dein nächster kam.« Sie hielt einen Moment inne, während sie ihn geistesabwesend ansah. »Und auf einmal hat es aufgehört. Ich habe mir gesagt, er hat nur noch drei Monate Dienst, vielleicht kommt er nicht mehr dazu, dir zu schreiben.« Sie schwieg erneut, die Gedanken weit in der Vergangenheit. »Am Tag deiner geplanten Rückkehr stand ich am Flughafen mit all den anderen Frauen. Alle waren so hübsch angezogen, mit langen Kleidern und Hüten. Ich stand da, in einem einfachen Kleid, nichts anderes im Kopf, als dich endlich wiederzusehen.« Sie hielt inne, während das Grün ihrer Augen bei der Erinnerung zu schimmern begann. »Aber du bist nicht gekommen. Ich habe mir gesagt, das kann nicht sein, er hat es versprochen. Er hat versprochen, zu mir zurückzukommen.« Ein unglückliches Lächeln legte sich auf ihre Lippen, als sie ihre verzweifelten Gedanken preisgab, und er musste dem Drang widerstehen, nach ihrer Hand zu greifen.

»Also habe ich gewartet«, setzte sie fort, »… und dir

geschrieben und gewartet und dir geschrieben ... aber du bist noch immer nicht gekommen.« Sie schüttelte den Kopf, die Augen leer und fern. »Lauren, Carter, Dorothy, Michael ... Sie alle haben mir unzählige Male erklären wollen, was *vermisst* im Krieg bedeutet ... wie schlecht die Chancen standen, dass du noch am Leben warst, und dass ich anfangen musste, meine Hoffnung aufzugeben. Dass ich anfangen musste, abzuschließen, bevor mich das Leben einholte.« Ihre Augenbrauen zogen sich zusammen, und ihr Gesicht wurde mit einem Mal ernst. »Aber ich habe von all dem nichts hören wollen. Ich habe sie für ihre Worte verabscheut, für ihre verlorene Hoffnung, ihren verlorenen Glauben in dich, denn ich dachte, das würde am Ende des Tages das Einzige sein, das dich heil zu mir zurückbringt.« Ihre Gesichtszüge erweichten erneut und Ernüchterung machte sich breit. »Doch dann ist Woche um Woche und Monat um Monat vergangen, und ich habe erkannt, dass sie recht hatten. Dass ich anfangen musste zu vergessen, bevor ich das Leben vergaß. Ich erkannte, dass es auch für mich an der Zeit war zu gehen.«

Sie verstummte und hinterließ eine bedrückende Stille, wo zuvor der Klang ihrer Stimme gewesen war. Über den Tisch hinweg sah sie ihn an. »Hätte ich gewusst, dass du ... Ich hätte nie ...«

»Ich weiß«, unterbrach er mit sanfter Stimme.

Seine Gesichtszüge waren weich, eine Schwere und Müdigkeit in ihnen, die bis zu seinen Augen reichte.

»Es tut mir leid«, hauchte sie und meinte es.

Und auch wenn er spürte, dass es so war, erkannte er dennoch, dass es unbedeutend war.

Ihre gemeinsame Zeit war vergangen. Sie würde heiraten. Jemand anderen als ihn. Dabei war sie alles, was er jemals war und jemals sein würde.

»Mir auch«, sagte er, bemüht darum, die Leere in seinem Inneren zu verbergen.

Für sie.

8

»Du bist sicherlich müde von der Reise«, sagte sie, während sie die Teller in der Küche abstellte.

Er schüttelte leicht den Kopf. »Nicht wirklich, nein.«

Er fragte sich, wie er hier jemals Schlaf finden sollte, in dem Wissen, dass sie nur wenige Schritte entfernt am anderen Ende des Ganges schlief. Sie warf einen Blick zu ihm, und er erkannte, dass auch für sie der Gedanke an Schlaf fern war.

Nachdem sie noch etwas Wasser in die Gläser eingeschenkt hatte, lief sie erneut in Richtung Veranda, und er folgte ihr, wie er es immer getan hatte.

Der Abend war mild und klar, und die Rufe einer Grille erfüllten die Weite. Sie nahm eine Kerze hervor und ließ sie wenig später mit einem Streichholz aufflammen. Dann sank sie neben ihn in den Stuhl und legte sich die Decke um die Beine. Mit einer Handbewegung bot sie ihm eine Hälfte an, doch er lächelte nur und schüttelte leicht den Kopf. Das warme Gefühl erklomm erneut ihre Brust und sie wandte den Blick ab, bevor es zu stark auflebte.

Sie schwiegen, während Emma sich in Gedanken an das vorige Gespräch über eine Strähne fuhr und zusah, wie das heiße Kerzenwachs unter der leuchtenden Flamme schmolz und langsam an dem Kerzenständer hinabrann. Sie nahm nicht wahr, wie James sie von der Seite betrachtete. Wie er das sanfte Flackern des Kerzenlichts in ihren Augen verfolgte, und erneut erkannte, wie sehr sie ihm gefehlt hatte.

Er beobachtete, wie sie müde den Kopf zur Seite legte und sodann den dunklen Weg hinauf zu seinem Haus schaute. Wie sie in den schwarzen Himmel emporblickte und in dem klaren Sternenhimmel versank, und tat es ihr gleich.

Sie dachte daran, wie sehr sie beide immer die nächtliche Stille genossen hatten. Wie sie häufig einfach dagesessen hatten, genau hier, und dem Zirpen der Grillen in der Ferne gelauscht hatten.

Sie musste an eine Stelle in einem ihrer Romane denken: *Man spürt die Wellen des Herzens, das sanfte, stetige Klopfen, und weiß, ob es im Einklang ist.*

Sie warf einen Blick zur Seite und sah, wie seine Augen erschöpft von dem Tag halb geschlossen waren, und stellte fest, wie friedlich er aussah. Es tat gut, ihn so zu sehen. Ihn hier zu sehen, bei ihr.

Als er ihre Musterung spürte, legte er den Kopf leicht zur Seite. Sein Blick ruhte auf ihrem Gesicht und sie konnte nicht leugnen, dass sie das Gefühl genoss. Sie fragte sich, was er wohl über sie dachte, fragte sich, wie alles weitergehen sollte, und beschloss, erst morgen darüber nachzudenken.

»Du hast mir gefehlt, James«, hörte sie sich mit einem Mal flüstern, bevor sie es verhindern konnte. Ihre Augen begannen zu schimmern, als sie sich dem Ausmaß ihrer Worte bewusst wurde.

Er hatte ihr gefehlt. So unheimlich gefehlt, dass jedes Wort dieser Welt unzureichend war, um zu beschreiben, wie sehr.

Sein Lächeln schwand und wurde von etwas anderem, unglücklicherem ersetzt. Langsam legte er seine Hand auf ihre und drückte sie leicht. Sie genoss das Gefühl seiner Wärme auf ihrer Haut und wünschte sich, es würde nie enden. »Du mir auch.«

Mit dem Daumen fuhr er über ihren Handrücken, so wie er es immer getan hatte, und für einen Moment schien es, als hatte sich nie etwas geändert. Als waren sie noch immer Emma und James, die an einem lauen Novemberabend im sanften Kerzenlicht auf der Veranda saßen und die abendliche Stille genossen.

Ein Ausdruck trat in seine Augen, der ein Spiegelbild ihres eigenen sein musste, und ohne, dass sie es verhindern konnte, entzog er ihr erneut seine Hand und legte sie auf seine Lehne.

Sie schauten einander noch lange schweigend an und fragten sich, wo all das hinführen würde, ehe sie schließlich den Blick senkte. Während sie mit ihrem Finger die Stelle an ihrem Handrücken nachfuhr, dachte sie daran, wie froh sie war, noch einmal hierhergekommen zu sein, und bedauerte ein wenig, jemals gegangen zu sein.

»Erzähl mir von ihm«, hörte sie ihn auf einmal sagen und schaute überrascht auf. »Richard.«

Sie zögerte, unsicher darüber, was sie erzählen sollte. Es fühlte sich befremdlich an, mit ihm über einen anderen Mann zu reden, und sie wollte ihn nicht verletzen. »Was möchtest du wissen?«

Sein Blick war offen und warm, und er hob leicht die Schultern. »Wie er so ist.«

Die Gelassenheit in seiner Stimme entspannte sie. Mit ihrer Hand fuhr sie sich nachdenklich über eine Strähne, während sie sich bemühte, ihre Verlegenheit loszuwerden.

»Richard ist …«, begann sie schließlich in Ruhe, »… sehr rücksichtsvoll. Zärtlich. Einfühlsam.« Sie hielt kurz inne und suchte nach den richtigen Worten. »In seiner Gegenwart habe ich das Gefühl, als wäre alles auf einmal leichter, als würden Dinge, die mich vorher beschäftigt haben, an Bedeutung verlieren.« Sie warf ihm kurz einen Blick zu und vergewisserte sich, dass er ihr folgte. »Er kann gut zuhören, sehr gut sogar, und hat im Laufe der Zeit seine ganz eigenen Methoden entwickelt, wie er mich aufbauen, zum Lachen bringen kann.«

»Zum Beispiel?«

»Ich weiß es nicht«, sagte sie und schaute hinauf, als würde sie die Antwort irgendwo finden. »Es sind kleine Dinge, so kleine unbedeutende Dinge, die aber für mich bedeutend sind.« Sie hielt kurz inne und dachte eine Weile darüber nach. »Zum Beispiel fängt er manchmal, wenn ich gerade über irgendetwas meinen Ärger auslasse, einfach an, über einen bestimmten Roman mit mir zu reden. Ich merke nicht, wie ich darauf reinfalle und plaudere ungehalten los. Am Ende schaue ich ihn an und verstehe nicht, was geschehen ist und warum wir überhaupt darüber gesprochen haben.« Sie lächelte zögerlich und schaute auf ihren Ring. Sanft drehte sie ihn in ihrer Hand. »Irgendwie hat er ein Gespür dafür, wann er wie sein muss. Wann er mich ablenken, mich in den Arm nehmen muss. Es ist schön zu sehen, wie bemüht er ist. Wie aufmerksam.«

»Es scheint, als würde er dich wirklich lieben«, sagte er und ließ sie bei seinen Worten zu ihm aufschauen. Sein Blick war aufrichtig, ehrlich, und sie hielt ihren einen Moment zu lange auf ihn gerichtet.

»Ja, das tut er«, bestätigte sie und erkannte selbst erneut, wie wahr es war.

»Und du?«, hörte sie ihn fragen. »Liebst du ihn?«

Sie war überrascht über seine Frage, jedoch nicht so verwundert, wie sie hätte sein sollen. Es bedurfte einer Weile, bis sie ihre Worte fand.

»Ja, das tue ich«, sagte sie schließlich und war erleichtert, als sie spürte, dass es tatsächlich so war.

Er nickte und hob seine Mundwinkel leicht. Und während er sich erneut abwandte, fragte sie sich, wie er wirklich darüber dachte.

Ein Gedanke kam ihr, und ohne ihn weiter anzuzweifeln, hörte sie sich auf einmal fragen: »Hattest du etwas mit einer anderen Frau?« Sie hielt kurz inne und schaute zögerlich zu ihm. »Ich meine, nachdem du dachtest, ich hätte dir nicht verziehen.«

»Nein«, sagte er ruhig, ehe er seinen Kopf senkte. »Da gab es niemanden.«

Auch wenn sie es nicht anders erwartet hatte und tief in ihrem Inneren erleichtert war, versetzte es ihr einen Stich.

»Es hat jedoch eine Frau gegeben, die eine Zeit lang gehofft hat, es würde etwas zwischen uns entstehen«, hörte sie ihn weiterreden.

Er schaute zu ihr und sah, wie sie ihn neugierig betrachtete. Als sie nichts sagte, wandte er wieder den Blick ab.

»Sie war Krankenschwester«, erzählte er. »Wir haben uns vor etwa anderthalb Jahren kennengelernt, kurz nachdem ich mich dazu entschlossen habe, zu bleiben. Sie hat in dem Lazarett an unserem Lager gearbeitet und mich schon eine Weile beobachtet.« Er schwieg kurz und dachte daran zurück. »Wie ich konnte sie nachts nie schlafen und ist spazieren gegangen. Eines Nachts, als ich irgendwo abseits des Lagers auf dem Boden lag, ist sie über mich gestolpert, weil sie in den Himmel geschaut hat. In den folgenden Nächten ist sie immer wieder an dieselbe Stelle gekommen, um mit mir zu reden.«

In ihrem Inneren spürte sie, wie bei dem Gedanken ein fremdes Gefühl in ihr aufkam. Sie fragte sich, warum sie es nicht hatte sein dürfen, die in all der Zeit nachts neben ihm gelegen hatte. Warum es jemand anderes gewesen war, jemand vollkommen Fremdes, und sie sagte sich, dass auch das gut so war. »Und dann?«

Er sah sie lange an, die Augen müde und glanzlos, als würde er abwägen, wie viel er ihr erzählen sollte. Dann senkte er seinen Blick und hob seine Schultern. »Und dann habe ich immer nur von dir erzählt.« Er hob leicht die Augenbrauen, als er daran zurückdachte. »Ich war überrascht, als sie dennoch immer wieder kam. Ich denke, sie hat gehofft, dass es sich mit der Zeit ändert. Dass ich eines Tages sage, sie soll mit mir gehen. Aber so ist es nicht gewesen.«

Sie schwiegen, während sie gegen die Wärme in ihrer Brust ankämpfte, die sie bei seinen Worten durchströmte, ob sie wollte oder nicht. Und ohne, dass sie es verhindern konnte, hörte sie sich fragen: »War sie nicht hübsch?«

»Doch, das war sie. Sehr hübsch sogar.«

»Aber?«

Sein Blick wanderte hinunter zu ihren Lippen, als suchte er die Antwort bei ihr. Und während er es tat, glaubte sie, keine Antwort von ihm zu bekommen. Dass sie zu weit gegangen war. Dass ihr Herz zu viele Geständnisse hören wollte, die nicht mehr gehört werden sollten. Doch gerade, als sie sich abwenden wollte, hörte sie ihn sagen: »Aber was hätte es für eine Rolle gespielt, wenn mein Herz von Anfang an jemand anderem gehört hat?«

Seine Stimme war rau und kehlig und bebte noch

durch ihren Körper, als sie längst in der nächtlichen Stille verklungen war. Und erst, als er seinen Blick von ihrem Gesicht nahm und ein Gefühl der Leere hinterließ, erkannte sie, dass sie den Atem angehalten hatte.

»Aber du dachtest, ich hätte dir nicht verziehen«, sagte sie, eine Stimme in ihr zu sehnsüchtig, um einfach zu schweigen.

Doch anstatt zu antworten, ließ er den Blick leer auf dem Haus in der Ferne ruhen. Dem Haus, das ihm nicht länger gehörte, als erinnerte es ihn daran, was er alles verloren hatte.

Bei seinem Anblick senkte sie den Kopf und schloss einen Moment die Augen. Sie atmete tief ein und aus und wartete, bis sich die Enge in ihrer Brust löste. Dann dachte sie über das nach, was er ihr erzählt hatte. Über die Frau, die gerne an seiner Seite gewesen wäre und es dennoch nicht war. Bei dem Gedanken fühlte sie sich auf irgendeine Weise verbunden mit ihr, als teilten sie das gleiche Schicksal, und sie ertappte sich dabei, wie sie sich fragte, was wohl inzwischen aus ihr geworden war. Hatte sie ihr Glück gefunden oder dachte sie noch immer an diesen geheimnisvollen, fremden Mann, der nachts allein unter einem Sternenhimmel lag?

»Denkst du, sie hat dich geliebt?«, hörte sie sich mit einem Mal fragen und spürte, wie ihre Stimme dabei leicht versagte.

Er schwieg eine Weile, so lange bis sie fürchtete, er hatte sie nicht gehört. Doch gerade, als sie erneut etwas sagen wollte, schüttelte er mit einem Mal leicht seinen

Kopf.

»Nein«, sagte er. »Zumindest nicht wirklich. Ich denke, sie war in die Vorstellung eines Mannes verliebt, der mitten in der Nacht am anderen Ende der Welt saß und einen Liebesbrief an sie schrieb.«

Er wandte sich ihr zu, sah die Frau an, an die er all die Jahre über so viele Liebesbriefe geschrieben hatte und die dennoch nicht die seine war.

Als hätte sie seine Gedanken gehört, legte sich ein unglückliches Lächeln auf ihre Lippen.

»Wer wünscht sich das nicht?«, hauchte sie, einen Schimmer in den Augen, der es ihm nicht ermöglichte, wegzusehen. Und während er sie so musterte, mit ihren weichen Lippen und roten Wangen, wusste er mit einem Mal nicht, ob sie noch immer die Liebesbriefe meinte oder den Wunsch, seine Frau zu sein.

Sie starrten einander noch lange an, auf der Suche nach einer Antwort, die es nicht zu geben schien, ehe Emma sich abwandte und zu den Bäumen schaute. Während ihr Blick in der Ferne ruhte, blinzelte sie die Tränen weg, die sich anzubahnen drohten, und hoffte, hoffte sehnlichst, er würde sie nicht sehen.

***

»Lass uns schlafen gehen«, sagte er mit tiefer Stimme und schaute sie warm an. »Du kannst kaum noch deine Augen offenhalten.«

Mit abgestütztem Kopf saß sie noch immer dicht

neben ihm und sah ihn an. Erkundete mit ihrem Blick sein dunkles Gesicht und dachte erneut, wie gut er aussah.

»Ich habe Angst, dass ich morgen aufwache und du wieder verschwunden bist«, sagte sie leise, die Beine eng an ihren Körper gezogen.

Er blinzelte müde und schüttelte den Kopf. »Ich werde nicht verschwinden.«

Etwas in seiner Stimme ließ sie glauben, dass es so war, und obwohl sie es tief in ihrem Inneren wusste, konnte sie es dennoch nicht oft genug hören.

Eine Strähne löste sich und fiel ihr ins Gesicht. Sie sah, wie er zögerte und kurz darauf seine Hand nach ihr ausstreckte, um sie aus ihrem Gesicht zu streichen.

Sie genoss das Gefühl, das seine Fingerspitzen auf ihrer Haut hinterließen, und wünschte sich auf einmal sehnlichst, sie könnte sich eng an ihn schmiegen. Als etwas in ihr sie davon abhielt, sah sie, wie er ihr Gesicht nachdenklich musterte und schließlich seine Hand wieder zurückzog. Sie hinterließ ein leeres Gefühl, wo zuvor ein Kribbeln gewesen war, und sie fragte sich auf einmal, wie es wohl wäre, wenn er sie an anderen Stellen berührte.

Bei dem Gedanken wanderte ihr Blick an seinem gebräunten Arm hinunter zu seiner kräftigen, adrigen Hand, die erneut entspannt auf der Lehne ruhte. Zu seiner Brust, deren Spuren sich unter seinem Hemd abzeichneten. Seinen vollen Lippen, von denen sie in manchen Nächten glaubte, sie noch immer auf sich zu spüren.

Schwindel überkam sie.

»Vielleicht hast du recht«, hauchte sie. »Vielleicht sollten wir schlafen gehen.«

Sie sah, wie er bei dem Klang ihrer Stimme aus seinen Gedanken gerissen wurde, und fragte sich, was ihm wohl durch den Kopf gegangen war. Hatte er etwa dasselbe gedacht wie sie?

Die Vorstellung ließ einen Schauer durch ihren Körper wandern, und falls sie vorher nicht vollends überzeugt gewesen war, löste sie sich nun mit einem Mal aus ihrer Decke und stand auf.

Aus dem Augenwinkel sah sie, dass er noch in seinem Stuhl verharrte und sie dabei beobachtete, wie sie die Kerze vorsichtig ausblies. Sie spannte sich an und musste sich konzentrieren, ein- und auszuatmen. Als sie sich ihm wieder zuwandte, fand sein Blick unmittelbar ihren. Er wirkte eindringlicher als zuvor – oder bildete sie es sich nur ein?

Noch bevor sie eine Antwort fand, nahm er die zwei Gläser in die Hand und erhob sich. Erneut stellte sie fest, wie viel größer er doch war, und konnte nicht vermeiden, noch einmal einen Blick auf seine breite Brust zu werfen, ehe sie hineinging.

Während er die Gläser in der Küche abstellte, wartete sie am Fuß der Treppe. Gemeinsam liefen sie langsam die Stufen hinauf und sie lauschte den schweren Schritten hinter sich. Oben angekommen, blieb sie stehen und sah zu ihm auf.

Er stand ihr dicht gegenüber. *Zu dicht*, dachte sie. Doch anstatt einen Fuß nach hinten zu setzen, weg von ihm, stellte sie sich leicht auf ihre Zehenspitzen und sog seinen Geruch tief ein.

»Du kannst gern zuerst ins Bad«, sagte sie. »Ich wollte mich noch frisch machen, bevor ich schlafen gehe.«

Bei ihren Worten zuckte sein Kiefermuskel. »Nein, schon in Ordnung. Geh ruhig zuerst.«

Sie zögerte. »Sicher?«

Er nickte und stieß die Badezimmertür mit einer Hand für sie auf, ohne den Blick von ihr zu nehmen.

Während die Tür aufschwang, verharrte sie vor ihm, atmete seinen vertrauten Geruch ein und betrachtete sein Gesicht. In dem schwachen Licht wirkten seine Züge markanter. Seine Lippen waren nur wenige Zentimeter von ihren entfernt, sanft geschwungen und verheißungsvoll, und sie musste sich ermahnen, um nicht mit ihrem Finger darüber zu streichen.

Die Tür kam zum Stehen, doch so sehr sie es versuchte, sie konnte sich nicht rühren. Besitzergreifend und einnehmend ruhte sein Blick auf ihrem Gesicht, dem Gesicht, das ihn die vergangenen Jahre wie ein Geist in den Nächten verfolgt hatte, als würde er sich erneut jede Stelle, jeden Winkel einprägen.

Alles. Das war es, was sie einst füreinander gewesen waren. Und während sie es genoss, wie sein Blick zu ihrem Mund wanderte, von solch einer Innigkeit und Sehnsucht geleitet, dass sie erneut ein süßer Schwindel überkam, klammerte sie sich an dem Loch in ihrer

Brust fest, das seit heute Abend tief unter aller Sinnwidrigkeit ruhte.

Er ist nicht zu dir zurückgekehrt, so wie er es versprochen hat. Er ist nicht zu dir zurückgekehrt, obwohl er es gekonnt hätte.

Sie wiederholte die Worte so oft in ihrem Kopf, bis anstelle des Verlangens Ernüchterung trat. Ernüchterung über die letzten Jahre. Und auch wenn sie es verstand, verstehen *wollte*, konnte sie dennoch nicht den Stich in ihrer Brust ignorieren, der sie jedes Mal aufs Neue überkam und von dem sie noch immer nicht wusste, ob er jemals schwinden würde.

»Emma …«, hörte sie ihn mit einem Mal sagen, die Stirn in tiefen Furchen, als könnte er ihre Gedanken in ihrem Gesicht lesen. Seine Hand näherte sich ihr, als wollte er sie am Arm berühren, doch irgendetwas in ihren Augen ließ ihn unmittelbar in der Bewegung verharren.

Zögerlich verlagerte sie ihr Gewicht wieder nach hinten und senkte den Kopf. »Gute Nacht, James.«

Sie wandte sich ab und machte einen Schritt zur Seite. Aus dem Augenwinkel sah sie, wie er noch immer an die Stelle starrte, wo sie soeben gewesen war. So nah, dass er nur die Hand nach ihr hätte ausstrecken müssen, seinen Kopf hätte neigen müssen – und doch so fern wie in den Jahren zuvor.

»Gute Nacht«, sagte er, die Augen abgewandt, eine Leere in der Stimme, die ihr einen Stich versetzte.

Sie setzte den letzten Schritt ins Bad und schloss leise die Tür. Mit einer Hand hielt sie sich an der Türklinke fest, bis ihre Beine nicht mehr so weich waren. Als sie genügend Halt unter ihren Füßen hatte, ließ sie Wasser in die Badewanne einlaufen und zog sich das Kleid über den Kopf.

Das warme Wasser fühlte sich gut auf ihrer Haut an, und nur der Gedanke, dass sie heute nicht allein war, ließ es sie frühzeitig abstellen. Nachdem sie sich abgetrocknet hatte, wickelte sie ihr Handtuch um den Körper und lauschte dabei den Geräuschen auf dem Flur. Als sie nichts hörte, öffnete sie leise die Tür und sah, dass seine angelehnt war. Dann wartete sie noch einen Moment, ehe sie auf Zehenspitzen hinaus und in Richtung ihres Zimmers lief. Ein vertrautes Gefühl erklomm ihren Nacken und sie warf noch einmal einen Blick über ihre Schulter, in dem Wissen, dass er am anderen Ende des Flurs stand und ihr hinterher sah.

Ihre Blicke trafen sich erneut, und mit einem Mal war es, als stünde die Zeit zwischen ihnen. Ihre junge, wilde Liebe. Ein Krieg, der nicht der ihre war. Zwei Vertraute, die nun Fremde waren. Dabei hatten sie von Beginn an ein und dasselbe ersehnt: einander für immer.

Ohne sich von ihm abzuwenden, schob sie sich langsam hinter die Tür, bis er nur noch durch einen schmalen Spalt zu sehen war. Sein Blick war eindringlich, und sie schaute noch einmal an seinen Armen hinunter zu seiner Brust, ehe sie zögerlich die Tür schloss.

Hinter der Tür wartete sie, bis sie hörte, wie er ins Bad ging, ehe sie zu ihrem Bett lief und hineinstieg. Die Arme neben den Körper gelegt, lauschte sie mit angehaltenem Atem den Geräuschen im Bad. Dann der Tür, die sich wenig später öffnete. Den schleichenden Schritten, die weg von ihrem Zimmer führten und schließlich hinter seiner Tür verstummten.

Sie schloss die Augen und atmete tief durch, versuchte das Kribbeln in ihrem Körper loszuwerden, doch versagte. Sie verlor sich erneut in der Vorstellung, was seine Hände mit ihrem Körper anstellen konnten. Sah seine Augen mit einer Mischung aus Begierde und Innigkeit, und wusste, ihr stand eine lange Nacht bevor.

Am anderen Ende des Flurs lag James in seinem Bett, die Arme hinter seinem Kopf verschränkt, das Gesicht hinauf zur Decke gerichtet. In seinem Kopf kreisten alle sündhaften Gedanken, die seine Fantasie zu dieser späten Stunde zuließ, und er musste dem Drang widerstehen, aufzustehen und an ihre Tür zu klopfen.

Nachdem er einen klaren Gedanken fassen konnte, griff er nach dem Nachttisch und nahm den runden Gegenstand hervor, den er zuvor abgelegt hatte. Das goldene Metall war kühl an seiner Haut und schien sich über die Jahre den Wölbungen seiner Handfläche angepasst zu haben. Mit gewohntem Druck auf den obersten Knopf sprang die feine Tür auf. Das weiße Blatt leuchtete in der Dunkelheit des Zimmers wie der Mond an seinem Fenster, während die feine Nadel ihm eine Richtung wies, die ihm für immer verwehrt zu sein schien.

Und so klappte er ihn wieder zu, das Metall nun warm an seiner Haut, und versuchte an morgen zu denken, an den ganzen Tag, den er mit ihr verbringen würde, und sagte sich, es war genug.

9

Am Morgen warf sie sich ihren Morgenmantel um und lief auf Zehenspitzen aus ihrem Zimmer.

Es war früh. Die morgendlichen Dunstschwaden lagen noch tief am Grund, lichter als am Tage zuvor, und die schleierhaften Wolken zogen in einem Spiel aus Licht und Schatten am dunklen Firmament von dannen.

Der Schlaf hatte sie erst spät in der Nacht überkommen, irgendwo zwischen weichen Lippen und blauen Augen, und hatte sie so weit in seine Tiefen gezogen, dass es einen Augenblick bedurfte, um sich daran zu erinnern, was geschehen war. Um zu erkennen, dass ihr Traum nicht bloß ein Traum gewesen war.

Er ist wieder hier, er ist wieder hier, er ist wieder hier, hatte schließlich eine Stimme in ihrem Kopf gesagt. Und hätte es ihr Verstand nicht bereits gewusst, so hätte sie es spätestens bei dem unfehlbaren Gefühl in ihrer Magengrube erkannt, das ihren Körper unmittelbar belebte und ihr die zarte Morgenblässe nahm.

Als sie in den Gang hinaustrat, war seine Tür noch

geschlossen. Sie verharrte einen Moment, den Blick auf die Klinke gerichtet, ehe sie die Treppe hinunterschlich. Am Treppenabsatz angekommen, zog sie ihren Mantel enger und öffnete die Tür, um die frische Morgenluft einströmen zu lassen. Dann lief sie zu ihrem Sofa, setzte sich dicht an die Lehne und starrte auf das schwarze Telefon auf ihrem Beistelltisch. Mit ihren Händen rieb sie sich die Müdigkeit aus ihren Augen und strich sich die noch ungekämmten Haare aus dem Gesicht. Ihr Herz schlug ihr laut in den Ohren und ihre Hand zitterte leicht. Nachdem sie tief ein und ausgeatmet hatte, hob sie zaghaft den Hörer und hielt ihn mit beiden Händen fest umschlossen in ihrem Schoß. Ihr Blick wanderte zum Fenster, zu den warmen Morgenstrahlen, die sanft anzuklopfen schienen, ehe sie seine Nummer wählte.

Das stetige Tuten des Telefons war unnatürlich laut in dieser Stille und sie spürte, wie ihr Herz stolpernd darauf reagierte.

Es dauerte nicht lang, bis er den Hörer abnahm.

»Richard Davis?« Bei dem vertrauten Klang schloss sie die Augen und erkannte, wie sehr sie seine Stimme an diesem Morgen hatte hören müssen. Das war der Mann, dem sie versprochen war. Den sie vorhatte, zu heiraten. Den sie liebte.

»Hallo, Richard.«

Durch den Hörer vernahm sie, wie er schwer ausatmete. »Emma.«

Die Art, wie er ihren Namen sagte, war so anders

verglichen mit James', auch wenn sie dieselbe Sehnsucht in jedem Buchstaben trug. Bei dem Gedanken hob sie träge die Mundwinkel, einen seltenen Glanz in den Augen.

Sie zog ihre Beine an den Körper und lehnte sich gegen das Sofa.

»Ich hoffe, ich habe dich nicht geweckt«, sagte sie leise, obwohl sie genau wusste, dass dem nicht so war.

»Nein, ich bin bereits seit ein paar Stunden auf.«

Sie nickte, wenngleich er sie nicht sehen konnte, und legte dabei das Kinn auf ihren Knien ab.

»Geht es dir gut?«, hörte sie ihn fragen, als sie weiter schwieg.

Sie hob den Kopf und sah durch das Fenster hinaus auf den Rot-Ahorn, der in der Morgensonne einen goldenen Schein hatte, während sie nach den passenden Worten suchte.

»Ja«, sagte sie schließlich, bemüht um einen nüchternen Ton. »Es geht mir gut. Ich wollte nur deine Stimme hören.«

Er schwieg und entlockte ihr damit ein Schmunzeln, wissend, dass er bei ihren Worten lächelte. Ein schlechtes Gewissen überkam sie und sie war dankbar, als er das Thema wechselte.

»Wie läuft das Schreiben?«, fragte er zaghaft, anstelle von: *Wann kommst du wieder nach Hause?*

Sie atmete tief aus. »Gut«, sagte sie und rieb dabei mit einer Hand müde über ihr Gesicht. »Mal besser, mal schlechter. Du weißt ja, wie das so ist.« Dann schwieg sie, während sie mit ihrem Finger nachdenklich eine Haarsträhne nachfuhr. »Wie geht es dir? Wie kommst du mit deinem Projekt voran?«

»Es ist etwas mühsam, aber so langsam kommt ein Ende in Sicht. Ich freue mich schon darauf, wenn ich dir den fertigen Entwurf zeigen kann.«

»Ich weiß jetzt schon, dass er umwerfend ist«, sagte sie und meinte es. »So wie alles bisher.«

Dann schwiegen sie eine Weile, während sie es genossen, einfach zu wissen, dass der andere auf der anderen Seite des Hörers war.

»Fühlst du dich wohl in Savannah?«

Sie glaubte, Angst in seiner Stimme vernommen zu haben, war jedoch nicht sicher, ob sie es sich bloß eingebildet hatte.

»Ja.« Sie zog ihre Beine näher an ihren Körper. »Die Tage sind nur sehr lang.«

»Mir kommen sie auch wie eine Ewigkeit vor.«

Sie wusste, dass er ihr hatte sagen wollen, wie sehr sie ihm fehlte. Dass er kaum einen anderen Gedanken fassen, geschweige denn schlafen konnte, und den Tag herbeisehnte, wenn er sie endlich wieder in seine Arme schließen konnte. Sie wusste auch, dass er es nicht gestand, weil er ihr den Freiraum geben wollte, den sie vor der Hochzeit so dringend benötigte. Seine unbegrenzte Güte ließ sie ihn stärker vermissen, als sie befürchtet hatte.

»Mach dir nicht solche Sorgen um mich«, flüsterte sie durch den Hörer und wickelte das Telefonkabel um ihren Finger. »Ich komme gut zurecht.«

»Das weiß ich doch.« Seine Stimme war so warm und voller Vertrauen, dass sie ihm am liebsten alles erzählt hätte. Doch es hatte Zeit. Es hatte so lange Zeit, bis sie die richtigen Worte fand. Bis sich alles beruhigt hatte, zur Normalität geworden war und sie sicher war, wie alles weitergehen würde.

»Ich lege jetzt auf«, sagte sie leise, als ihre Augen zu brennen begannen.

»Okay.« Sie hörte an seiner Stimme, dass er nicht wollte, dass das Telefonat endete. Dass er hoffte, dass sie ihm mehr erzählte, mehr von dem, was in Savannah geschah. Als sie es jedoch nicht tat und weiterhin schwieg, drückte sie den Hörer fest an ihr Ohr und schloss ihre Augen. Mit ruhigem Atem wartete sie auf die Worte, die sie an dem Morgen so dringend hören musste.

»Ich liebe dich.«

Sie öffnete erneut ihre Augen und atmete tief ein, während die Worte mehrmals in ihrem Kopf widerhallten.

»Ich liebe dich auch«, gestand sie schließlich und konnte nicht verhindern, dass ihre Stimme bei dem letzten Wort brach.

Sie nahm den Hörer von ihrem Ohr und legte auf. Als sie den Kopf hob, atmete sie tief durch und wartete, bis sich ihr Herz beruhigte.

Sie sah hinaus zu den dichten Eichen vor ihrem Fenster und ließ den lauen Morgenwind, der durch die Tür strömte, ihre Tränen trocknen. Als die Schwere vergangen war, stand sie auf und lief auf Zehenspitzen in Richtung Treppe.

»Guten Morgen«, hörte sie mit einem Mal hinter sich.

Erschrocken wandte sie sich um und sah James in der Haustür stehen, der mit seiner Größe fast vollständig den Rahmen füllte. Seine braungebrannte Haut stand in starkem Kontrast zu seinem hellen Oberteil, das sich leicht an seiner Brust spannte und locker auf seine schmale Taille fiel.

Eine verräterische Wärme durchströmte sie und hinterließ ein kribbeliges Gefühl in ihrer Magengrube.

Ihre Mundwinkel hoben sich. »Guten Morgen.«

»Ich hätte mir denken können, dass du schon auf bist.«

Ihr Lächeln wurde breiter, während sie an den Kragen ihres Mantels fasste. »Da haben wir beide uns wohl unterschätzt.«

Er nickte, einen Schimmer in den Augen, den sie nicht recht deuten konnte. Als er näher herantrat, sah sie, dass seine dunklen Augenringe über Nacht etwas verschwunden waren und die Haut frischer wirkte. Die Haare hatte er sorgfältig zurückgekämmt und sie glaubte einen Hauch von Aftershave zu riechen.

Mit einer Armbewegung deutete er auf die braune Tüte in seiner Hand. »Ich habe Frühstück besorgt.«

Sie warf einen prüfenden Blick darauf und sah ihn anschließend verschmitzt an. »Als hättest du geahnt, dass es bei mir nichts als Kaffee gibt.«

»Nennen wir es eine Eingebung. Und Voraussicht. Wir haben schließlich eine lange Fahrt vor uns.«

Ein Leuchten lag in seinen Augen und gepaart mit dem vergnügten Schwung um seine Lippen, war es ein Anblick, den sie häufiger am Morgen vertragen konnte.

»Dann sollte ich mich wohl umziehen gehen.«

»Das scheint mir in Anbetracht des Tages ein sinnvolles Unterfangen zu sein.«

»Mhm, und es scheint mir, als hätten Sie eine gute Nacht gehabt, Mr. Harrington.«

Er neigte leicht den Kopf und sein Lächeln entblößte seine weißen Zähne. »Hervorragend, Ma'am, danke.«

Bei seinen Worten warf sie den Kopf in den Nacken und lachte. Wie hatte sie nur glauben können, es würde jemals anders sein?

Als sie sich ihm wieder zuwandte, stellte er zu seinem Vergnügen fest, dass eine leichte Röte ihre Wangen zierte.

»Dann bis gleich«, hörte er sie mit dem gleichen heimlichen Lächeln auf den Lippen sagen, mit dem sie ihn bei ihrer ersten Begegnung angesehen hatte. Dem Lächeln, von dem sie noch immer glaubte, sie hatte es vor ihm verbergen können.

Ohne den Blick von ihr zu nehmen, neigte er erneut leicht seinen Kopf. »Dann bis gleich.«

Sie wandte sich um, nicht jedoch, ohne ihm noch einmal einen neugierigen Blick zuzuwerfen, und lief anschließend die Stufen zu ihrem Badezimmer hinauf.

Aus dem Augenwinkel vernahm sie, wie er an

derselben Stelle stand und sie beobachtete.

Sie hatte das Gefühl zu schweben.

10

Der Motor heulte auf, ruckelte und erstarb.

Mit einer Hand deutete er ihr, nichts zu sagen. Sie grinste und biss sich auf die Unterlippe.

Erneut drehte er den Schlüssel im Zündschloss, ließ mit einem Fuß langsam die Kupplung kommen und …

»Sag nichts.«

Ein Lachen entwich ihr und sie schlug sich die Hand vor den Mund.

»Ich muss nur …«, sagte er zähneknirschend, während er den Motor erneut startete und langsam mit einem Fuß die Kupplung kommen ließ, »… wieder ein Gespür dafür bekommen.«

Eine Hand am Lenkrad, die andere fest am Schalthebel, starrte er konzentriert durch die Windschutzscheibe. Dann setzte sich das Auto langsam in Bewegung. Ermutigt drückte er den Fuß auf das Gaspedal, ließ den Motor laut aufheulen und in einem Spiel aus Gas und Kupplung ruckelten sie wild die Auffahrt hinunter.

»Siehst du, ein Kinderspiel«, sagte er und spätestens,

als sie den stolzen Unterton in seiner Stimme vernahm, konnte sie sich nicht mehr länger halten und prustete los.

Bei dem Laut huschte sein Blick vergnügt zu ihr. »Das findest du amüsant, nicht?«

Ihr Lachen wurde nur schriller und er konnte nicht anders, als ihr für einen Moment zuzusehen.

Sie fuhren aus Savannah raus und nahmen die Interstate 95 Richtung Süden. Die Straßen waren frei und der Himmel bis auf ein paar schleierhafte Wolken klar, und wenn sie etwas Glück hatten, würden sie noch vor der Mittagszeit in St. Marys ankommen.

Während sie bereits nach wenigen Meilen über die Sandwiches herfielen, die James besorgt hatte, erzählte sie ihm, was in Savannah geschehen war. Sie berichtete von neuen Beziehungen und Trennungen. Von ihren alten Freunden Lauren und Carter, die ihr Glück in Charlotte versuchten. Von den Erneuerungen im Park und nicht zuletzt den Investitionen in die Wiederherstellung des historischen Viertels.

Es dauerte nicht lange, bis sie in Erinnerungen an die Zeit vor dem Krieg schwelgten. An eine Zeit, in der Sorglosigkeit und Unbeschwertheit in ihrem Leben geherrscht hatten – unwissend, dass es etwas anderes im Sinn hatte. Sie lachten in Gedanken an wilde Tanzfeste unter klaren Sternenhimmeln, an denen James sie zum schwungvollsten Rock'n'Roll über die Tanzfläche gewirbelt hatte. An Tage auf dem Meer, an denen er sie im Angeln unterrichtet hatte, so wie es sein Vater bei ihm getan hatte, und sie genauso ungeduldig herumgezappelt hatte wie der Fisch an der Leine. Und sie schwelgten in Erinnerungen an Tage, die sie im Wald verbracht hatten, er mit dem Rücken an den Stamm, sie an seine Brust gelehnt, mit einem Buch in der Hand. Er gestand ihr, wie er in all den Jahren insbesondere diese Tage vermisst hatte, und sie schwieg, ein zaghaftes Lächeln auf den Lippen, denn sie wusste, sie konnte ihm nicht widersprechen.

Nach etwa einer Stunde Fahrt fielen sie in ein angenehmes Schweigen. Sie hatte ihre Sandalen ausgezogen und die Füße auf das Armaturenbrett gelegt. Ihr Kleid war dabei leicht an ihrem Oberschenkel hinuntergerutscht, doch sie schien es nicht zu bemerken. Hin und wieder warf er einen Blick zur Seite, sah, wie sie errötete, und fragte sich, womit um alles in der Welt er diesen Anblick verdient hatte. Und dann, so unverfroren und undankbar wie er war, betete er ein letztes Mal zum Himmel, auch wenn er glaubte, dass die Gnade, die ihm zuteilgeworden war, bereits vollkommen ausgeschöpft war. Er betete, dass sie niemals diesen Ausdruck in ihren Augen verlieren möge, mit dem sie ihn ansah. Es sollte sein letzter Wunsch, sein letztes Begehren sein, dann würde er für immer schweigen.

»Augen auf die Straße«, hörte er sie mit einem Mal sagen, die Stimme auf eine sinnliche Weise streng.

Es holte ihn aus seinen Gedanken und ließ ihn auf ihre Lippen schauen, die zu einem vergnügten Schmunzeln geschwungen waren.

Mit jeder weiteren Meile, die sie Richtung Süden fuhren, schienen sich die Wolken über ihnen stärker zusammenzubrauen.

Den Kopf zur Seite gelegt, sah Emma aus dem Fenster und beobachtete die stetigen Verformungen der Wolken, die je nach Dichtheit zu unterschiedlichen Schattierungen führten. Sie dachte daran, wie sie sich früher immer vorgestellt hatte, sie seien die Spiegel der Gefühle, die sich unter ihnen auftaten, und während sie sie so betrachtete, fragte sie sich, ob sie damals mit ihren Gedanken vielleicht gar nicht so falsch gelegen war.

Während Meile für Meile die Landschaft an ihnen vorbeizog, legte sich mit einem Mal eine eigenartige Stille zwischen sie.

Er kannte diese Stille.

Es war nicht die unbeschwerte Stille, die Stille der Leichtigkeit, die wenige Minuten zuvor geherrscht hatte. Es war eine Stille der Hoffnungslosigkeit, der Betrübnis, und wenn er etwas in dieser Welt hasste, dann war es dieses Gefühl. Das Gefühl ihrer Hoffnungslosigkeit, wo früher nichts als Glaube und Zuversicht geherrscht hatten.

»Rede mit mir, Emma.«

Bei seinen Worten richtete sie den Kopf auf. »Worüber möchtest du reden?«

»Über das, was dich bedrückt.«

Seine Stimme war so sanft, dass sie einen Moment länger brauchte, um zu antworten. »Ich war nur in Gedanken.«

»Ist es wegen des Treffens mit Harry?«

Leicht schüttelte sie den Kopf. »Nein.«

»Was ist es dann?«

Sie warf erneut ihren Blick aus dem Fenster. Mit ihrer Hand strich sie sich nachdenklich über das Kleid.

»Es ist nur«, begann sie sodann und suchte in der Ferne nach den richtigen Worten. Ein Glanz trat in ihre Augen und ließ ihn seinen Blick erneut abwenden. »Ich habe so lang auf dich gewartet. So unendlich lang.« Bei der Erinnerung daran schüttelte sie den Kopf. »Monatelang bin ich in Savannah geblieben, in der Angst, dich zu verpassen. Genau dann zu gehen, wenn du kommst.« Eine eigenartige Leere lag in ihren Augen, und während er sie von der Seite ansah, erkannte er, dass er nichts tun konnte, um diese Leere jemals verschwinden zu lassen.

»Und nun bist du auf einmal hier«, setzte sie fort, die Augenbrauen zusammengezogen. »Und ich frage mich … Warum nicht früher? Warum ausgerechnet jetzt? Jetzt, da alles anders ist.«

Er hielt seinen Blick lange Zeit auf die Straße vor sich gerichtet, und für einen kurzen Moment hatte Emma das Gefühl, dass etwas darin anders war.

»Ich weiß es nicht«, gestand er ehrlich. »Ich weiß nur, dass ich dankbar bin, noch einmal hier zu sein. Es gab Tage, da war ich überzeugt, nie mehr heimzukommen. Tage, an denen ich die Hoffnung verloren habe und mich Zweifel überkommen haben.« Er hielt kurz inne und schaute zu ihr rüber. »Dort, wo ich war, ist es leicht, die Hoffnung zu verlieren. Zu glauben, man schafft es nicht.« Dann wandte er seinen Blick erneut ab und schaute hinauf in den Himmel.

»Nachts habe ich oftmals unter den Sternen gelegen und gebetet«, sagte er, den Blick immer noch weit hinaufgerichtet. »Habe gebetet, dich noch einmal zu sehen. Wann, habe ich gesagt, sei mir egal. Hauptsache es wird noch einmal geschehen.«

Mit gerunzelter Stirn beobachtete sie ihn, wie er hinaufschaute und etwas zu suchen schien. Seine Lippen, wie sie Worte sagten, die sie verwirrten. Worte, die vor allem ihr Herz verwirrten.

Und obwohl ihr Herz tausend Geständnisse zu erbringen hatte, wandte sie sich ab und schwieg. Sie sah hinaus und fragte sich, wann diese unerträgliche Schwere in ihrer Brust endlich vergehen würde.

»Bist du glücklich in deinem Leben, Emma?«, hörte sie ihn auf einmal fragen. Seine Stimme klang so sinnlich und weich, dass sie einen Moment die Augen schloss.

»Ja, das bin ich«, sagte sie schließlich und nickte leicht. Ihre Stimme klang etwas zu nachdrücklich und für einen Moment fragte sie sich, ob sie streng geklungen hatte. Dann fügte sie sanfter hinzu: »Jetzt, da ich weiß, dass es dir gut geht und du wieder hier bist.«

Er schwieg eine Weile und dachte über ihre Worte nach. »Warum habe ich dann das Gefühl, dass dich noch immer etwas bedrückt?«

Sie zögerte. »Vielleicht, weil ich Angst habe«, gestand

sie.

»Wovor?«

»Vor allem.« Leicht schüttelte sie den Kopf. »Alles zu verlieren. Die falsche Entscheidung zu treffen. Ein Leben zu führen, das vielleicht gar nicht meinem entspricht.«

»Meinst du wegen Richard?«

Bei der Erwähnung seines Namens schaute sie erneut zu ihm auf. Sie hielt ihren Blick einen Moment zu lange auf seinem Gesicht ruhen, ehe sie ihn abwandte und auf ihre Füße am Armaturenbrett schaute. »Zum Beispiel, ja.« Mit einer Hand strich sie sich eine Strähne zurück.

Er schwieg und dachte einen Moment darüber nach. »Solange es sich gut anfühlt«, sagte er schließlich und ließ sie erneut zu ihm aufschauen. »Wie kann es dann falsch sein?«

***

Wenige Meilen vor Brunswick verließ er mit einem Mal die Interstate und fuhr in das Landesinnere.

Während er den Fuß vom Gaspedal nahm, beugte sie sich nach vorne und musterte irritiert die Schilder. »Wo willst du hin?«

Konzentriert presste er die Lippen aufeinander und suchte mit seinen Augen die Gegend ab. »Lass dich überraschen«, stieß er hervor, ehe er mit einem Mal das Lenkrad herumriss und in die nächste Straße einbog.

Ihr Magen zog sich zusammen. »Du weißt, wie sehr

ich Überraschungen hasse.«

Als er die Verzweiflung in ihrer Stimme hörte, schlich sich ein Grinsen auf seine Lippen. »Du liebst sie, du gestehst es dir nur nicht ein.«

Von der Seite warf sie ihm einen vorwurfsvollen Blick zu, doch als sie die Begeisterung in James' Augen sah, fragte sie sich mit einem Mal, ob er wohl recht hatte.

Langsam rollend kamen sie schließlich an einem kleinen Waldstück an, in dessen Richtung ein unbefestigter Weg führte. Ohne zu zögern, bog er hinein und versuchte dabei den tiefen Schlaglöchern auszuweichen. Nach wenigen Minuten sah sie schließlich zwischen den Bäumen vor ihr klares Blau glitzern.

»Woher …« Überrascht schaute sie zu ihm und las dieselbe Verblüffung in seinen Augen.

Seine Mundwinkel hoben sich. »Carter hat mir erzählt, dass er hier häufiger auf dem Weg nach Brunswick zu seinen Großeltern Halt macht. Der See ist klein und nichts Besonderes, aber klar und abgelegen.«

Kurz davor kamen sie mit dem Auto langsam zum Stehen. Gesäumt von dichten Eichen und hohen Kiefern lag der See verborgen vor ihnen, und als sie sich umsah, erkannte sie, dass sie tatsächlich weit und breit die Einzigen hier waren.

Sie hörte, wie er aus dem Auto stieg, nur um kurz darauf zu beobachten, wie er in einem Zug sein Hemd über den Kopf zog.

Hastig schob sie sich aus dem Wagen. »Was tust du da?«

Bei dem Klang ihrer Stimme wandte er sich zu ihr um und lief in Richtung des Wassers. Ein verschwörerisches Lächeln legte sich auf seine Lippen. »Wonach sieht's denn aus?« Und als wäre das nicht genug, zog er sich in einem Schwung die Hose runter.

Barfuß lief sie ihm hinterher. »Du kannst da doch nicht einfach reingehen.«

»Warum nicht? Das Wetter scheint zu halten und das Wasser ist klar.«

»Aber es muss eisig sein!«

Er lachte nur, ehe er die ersten Schritte ins Wasser wagte. Die Freude in seinem Gesicht ließ sie mit einem Mal grinsen. »Du bist verrückt.«

»Ich habe nie etwas anderes behauptet«, sagte er. Dann kehrte er ihr den Rücken zu und verschwand mit einem eleganten Kopfsprung im See.

Die wilden Bewegungen des Wassers waren das einzige Zeichen, dass sie nicht allein in dieser verlassenen Gegend war. Während sie wartete, dass er auftauchte, trat sie einen Schritt näher. Wie gerufen, kam er an die Wasseroberfläche und rieb sich mit einer Hand die Haare aus dem Gesicht.

Mit langsamen Zügen schwamm er auf sie zu. »Und was ist mit dir?«

Sie ging noch einen Schritt näher und setzte prüfend einen Fuß hinein. Entgeistert schaute sie ihn an und entlockte ihm ein vergnügtes Lachen. »Mich kriegen hier keine zehn Pferde rein.«

Er lachte und trieb langsam im Wasser, ohne sie aus

den Augen zu lassen. »Ach, Em, stell dich nicht so an. So kalt ist es nicht.«

»Nur weil du einen übermenschlichen Körper hast, heißt das noch lange nicht, dass ich mich anstelle.«

Ein selbstgefälliges Grinsen trat auf seine Lippen. »Das höre ich gern aus deinem Mund.«

»Ich meinte …«

»Schon verstanden.«

»Aber …«

»Schon gut, Emma. Wirklich.« Sein Grinsen wurde breiter.

Als Antwort trat sie mit voller Wucht ins Wasser und spritzte es ihm entgegen. Überrascht schüttelte er den Kopf und strich sich mit beiden Händen die Tropfen aus dem Gesicht. Als sein Blick ihren fand, wild und entfacht, drehte sich ihr Magen um.

»Das wirst du bereuen.« Seine Stimme glich einem Knurren und er fixierte sie wie eine Gazelle.

Sie schrie vor Schreck auf und rannte in Richtung Auto, während er mit langen, schweren Zügen aus dem Wasser hinter ihr herjagte. Ihr Geschrei mischte sich mit einem schrillen Lachen, als sie um den Wagen herumrannte. In der Kurve warf sie einen Blick über die Schulter und rutschte dabei mit ihrem nassen Fuß auf dem Gras aus. In letzter Sekunde fing sie sich ab und kam an der Längsseite zum Stehen. Mit den Armen auf das Auto gestützt, sah sie ihn herausfordernd an. »Mach dir nichts draus, ich war schon immer schneller als du.«

Die Herausforderung in ihrem Blick ließ ihn breit

grinsen. »Man muss nur die Schwächen seines Feindes kennen.«

»Und die wären?«

Sein Grinsen wurde breiter, entblößte seine weißen Zähne. »Finde es heraus.«

Mit angehaltenem Atem starrten sie einander an und warteten auf den Startschuss. Dann schwang er sich mit einer einzigen Bewegung um das Auto herum.

Sie stürmte los. Leichtfüßig rannte sie zwischen die Bäume, weg von dem See und dem Auto. Sie brauchte nicht lange, bis sie ihren Rhythmus fand und im Zickzack über heruntergefallene Äste und Zweige sprang. Sie hörte ihn dicht hinter sich. Schnell, aber nicht schnell genug. Sie lachte und legte noch einen Zahn zu.

Wie der Wind rauschte sie mit ihren nackten Füßen um die Bäume, fing sich in Kurven an den Stämmen ab und …

Blieb abrupt vor einem Bach stehen.

Arme packten sie von hinten, bevor sie einen anderen Weg einschlagen konnte.

»Du bist vielleicht schneller«, sagte er dicht an ihrem Ohr, während er mit einem Arm in ihre Kniekehlen griff und sie mit Schwung hochhob. »Aber du hast nie darauf geachtet, wohin du rennst.«

Sie versuchte etwas zu erwidern, brachte jedoch vor Lachen kein einziges Wort heraus.

Ohne jegliche Mühe trug er sie zwischen den Bäumen hervor in Richtung See. Bei dem Anblick des Wassers kehrte ihre Stimme zurück.

»Oh bitte, tu das nicht! Das kannst du nicht machen!«
Sie strampelte wild in seinen Armen. »Ich habe keine
anderen Kleider dabei!«

Er lachte nur, die Arme unverändert um sie geschlungen. »Das hättest du dir früher überlegen müssen.«

Erneut schrie sie auf und wand sich.

Er lief ein paar Schritte in das Wasser hinein, bis es
zu seinen Oberschenkeln reichte.

Mit aller Kraft klammerte sie sich an seinen Hals.
»Tu's nicht! Tu's nicht!« Sie zog sich noch näher an ihn,
bis ihre Wange seine berührte. Dann spürte sie, wie er
Schwung holte. Als sie nahezu frei in der Luft hing,
schrie sie schrill: »James!«

Lachend ließ er sie in seine Arme zurückschwingen.
Sie schlang ihre Arme erneut um seinen Hals.

»Okay, ich lasse dir die Wahl.« Er hob die Augenbrauen. »Du kannst hier und jetzt dein Kleid ausziehen
oder ich werfe dich angezogen hinein.«

»Um nur in meiner Unterwäsche bekleidet ins Wasser
zu gehen?«, schnaubte sie und schlug ihm empört mit
der flachen Hand auf die Brust.

»Zum Beispiel.« Er grinste, ein Funkeln in den Augen, das bis in ihren Bauch drang. »Aber da ich ja be-
kanntlich ein Kavalier der alten Schule bin ...«

»... und ein schamloser Verführer«, fügte sie hinzu.

Sein Grinsen wurde breiter. »Auch das.«

Sie verdrehte die Augen über seine Arroganz, doch
konnte nicht verhindern, dass sich ihr Magen unter seinem Blick zusammenzog.

»Da ich also wie gesagt ein Kavalier der alten Schule bin«, setzte er erneut an, »darfst du dir auch mein Hemd überziehen.«

Sie sah die Herausforderung in seinem Gesicht tanzen. Lange hielt sie seinem Blick stand. Dann hob sie mit einem Mal ihr Kinn. »Lieber …«

Und noch ehe sie den Satz zu Ende bringen konnte, entzog er ihr seine Arme, sodass sie mit einem letzten Aufschrei geradewegs im Wasser landete.

Laut sog sie Luft ein, nachdem sie erneut an die Wasseroberfläche gelangt war, und richtete sich auf. Raues, kehliges Lachen drang zu ihr, als sie ihn mit weit aufgerissenen Augen ansah und sich die Nässe aus dem Gesicht strich.

Das Wasser reichte ihr bis zum Bauchnabel und das Kleid lag eng an ihrer Haut an. Vor Nässe triefend sah sie ihn an.

Er kannte diesen Blick. Oh, wie sehr er ihn vermisst hatte. Er war die reinste Kriegserklärung.

In der nächsten Sekunde sprang sie auch schon mit einem Satz auf ihn zu, schob sich mit den Armen an seinen Schultern hoch und versuchte mit aller Kraft, ihn unter Wasser zu drücken. Er lachte bei ihren wilden Versuchen und beugte sich leicht vor, damit sie besser Halt fand.

Dann umschlang sie mit ihren Beinen seine Hüfte und schmiegte sich eng an seinen Oberkörper. Während sie ihre Arme um seinen Hals legte, spürte sie, wie er sich unter ihr anspannte. Mit einer Hand hielt er ihren Oberkörper an sich gedrückt, während er die andere zögerlich an die Unterseite ihres Oberschenkels legte. Die Berührung war zärtlich, gar zurückhaltend.

Sie bog ihren Rücken durch und drückte ihren Mund dicht an sein Ohr, so nah, dass er ihren Atem spüren konnte. »Und was, Mr. Harrington, wenn ich nicht mit Unterwäsche schwimmen gehen konnte, weil ich gar keine trage?«

Sie spürte, wie er die Hand tiefer in ihren Oberschenkel grub, und bevor er etwas Weiteres tun oder sagen konnte, riss sie ihn mit sich ins Wasser.

Dunkelheit umströmte sie, ehe sich ihre Körper wieder voneinander lösten und sie in einem Schwung auftauchten.

Während er sich die Nässe aus dem Gesicht schüttelte, erfüllte ihr triumphierendes Lachen die Stille. »Wie war das noch? Man muss nur die Schwächen seines Feindes kennen.«

Sein Mundwinkel verzog sich vergnügt. »Du grausames, kleines …«

Sie grinste entzückt. »Das höre ich gern aus deinem Mund.«

Dann warf er mit schallendem Lachen seinen Kopf in den Nacken. Bei dem Geräusch heftete sich ihr Blick an sein Gesicht, als wollte sie keinen einzigen Moment, keine einzige Regung verpassen, während sie ihr Herz mit dem Klang seines Lachens füllte, ihn durch jeden Teil ihres Körpers wandern ließ, denn sie wusste, dass jede einzelne Sekunde mit ihm kostbarer war als alles andere auf der Welt.

Ihre Blicke trafen sich erneut und sie sanken bis zum Kinn ins Wasser. Die Heiterkeit schwand und eine anziehende Spannung legte sich zwischen sie, während sie dicht beieinander im See trieben.

In diesem Moment musste niemand etwas sagen. Musste aussprechen, was zwischen ihnen war. Sie so nah bei ihm, er so nah bei ihr, war genug. War alles, worum sie in ihren unzähligen Briefen gebeten hatten, und wenn es nur noch ein einziges Mal war. Ein einziger Moment. Eine einzige Erinnerung an das, was einst in Savannah geschehen war.

Auch wenn der Krieg sein Ende gefunden hatte, konnte sie noch immer seine Spuren an seinem Körper sehen. Das breite Kreuz, bei dem sie zuvor ausgiebig jeden Muskel betrachtet hatte, als er sich in einer einzigen gleitenden Bewegung das Hemd über den Kopf gezogen hatte. Die muskulösen Arme, die hin und wieder in sanften Zügen an die Oberfläche kamen und auf denen im Spiel der Sonne Wasserperlen glitzerten. Und trotz all der Schrecken, die der Krieg gebracht hatte, war es vor allen Dingen die Sanftheit in seinen Augen, die er nach all der Zeit nicht verloren hatte. Die ihr verräterisches Herz wild und unbeschwert singen ließ. Die ihr in diesem abgeschiedenen See fern jeglicher Verpflichtungen die Gewissheit gab, dass sie zwar vier unendlich lange Jahre getrennt von ihm gewesen und nun einem anderen Mann versprochen sein mochte, es aber dennoch nichts an dem änderte, was sie so zweifelsfrei und beständig verband.

»Komm, wir gehen«, hörte sie ihn mit einem Mal sagen und erkannte erst dann, wie sein Blick auf ihrem leicht geöffneten Mund ruhte. »Deine Lippen werden schon ganz blau.«

Sie nickte, dabei wollte sie alles, nur nicht gehen. Alles, nur nicht, dass er seinen Blick von ihrem Gesicht nahm.

»Findest du, ich habe mich verändert, James?«, hörte sie sich auf einmal fragen, die Stimme gedämpft.

Er legte die Stirn in Falten. »Wie meinst du das?«

»Ich weiß nicht«, gestand sie und schüttelte den Kopf. »Anders eben.«

Er spürte, dass sie mehr sagen wollte, und so schwieg er und wartete, bis sie die richtigen Worte fand.

»Manchmal habe ich das Gefühl, als wäre ich nicht mehr ich selbst. Als wäre ein Teil von mir nicht mehr da. Als wäre ich nicht mehr die Emma, die furchtlos durch einen dunklen Wald gelaufen ist. Die hinauf in den Himmel geschaut und dort Hoffnung gesehen hat.«

Ihr Blick ruhte nahezu verzweifelt auf ihm und nichts um sie herum schien mehr Bedeutung zu haben. Die Stille hing schwer zwischen ihnen, und gerade als sie glaubte, sinnloses Zeug von sich gegeben zu haben, wurde sein Gesicht ernst.

»Weißt du, wann ich dich das letzte Mal so gesehen habe?«, hörte sie James fragen, die Stimme so rau und tief, dass sie nicht anders konnte, als sehnsüchtig darauf zu warten, dass er weitersprach.

»Das war an dem Tag, als meine Mutter uns verlassen hat«, sagte er ruhig und sah, wie sie bei seinen Worten die Stirn runzelte. »An dem Tag hat es geregnet. Ich weiß noch, wie ich mich in meinem Zimmer eingesperrt habe, weil ich nicht wollte, dass mich jemand sieht. Mein Vater war die ganze Zeit vor meiner Tür und hat vergeblich versucht, zu mir durchzudringen. Das war das erste Mal, dass ich ihm nicht zugehört hatte. Dass ich mich von ihm abgewandt und ihn nicht mehr an mich herangelassen habe.« Er dachte einen Moment darüber nach, ehe er den Kopf hob und zu ihr sah.

»Du jedoch«, sagte er, »hast dich hinaus in den Regen gestellt, sodass ich dich durch das Fenster gesehen habe.« Er hielt kurz inne und blickte sie gedankenverloren an. »Ich sehe dich heute noch vor mir, wie du stundenlang dagestanden hast, mitten im Regen, die Lippen ganz blau, und trotzdem nicht gehen wolltest.« Nachdenklich verweilte sein Blick auf ihren leicht geöffneten Lippen, und sie spürte, wie sie es ihm unweigerlich gleichtat.

»Als ich nicht mehr länger zusehen konnte, bin ich zu dir gegangen und wollte dich zu mir holen. Du jedoch«, setzte er tief in Gedanken fort, »hast mich ohne ein Wort an die Hand genommen und weiter in den Regen geführt. Wir sind in Richtung Wald gelaufen und ich war von dem Regen völlig durchnässt und wollte nichts sehnlicher, als zurück in mein Zimmer zu gehen. Du jedoch hast mich weiterhin an der Hand gehalten. Nach wenigen Schritten habe ich gemerkt, wie der Regen nach und nach aufgehört hat. Dann bist du stehen geblieben und hast dich auf den nassen Boden gesetzt. Und als wäre es das Natürlichste auf der Welt gewesen, habe ich mich zu dir gesetzt.« Er hielt kurz inne, während sein Blick mit solch einer Innigkeit auf ihrem Gesicht ruhte, dass sie das Gefühl für Raum und Zeit verlor.

»Und dann haben wir dagesessen«, sagte er, »während die Blätter über uns den Regen abgefangen haben, so lange bis irgendwann wieder die Sonne kam.«

Sie spürte, wie seine Hand unter Wasser die ihre suchte. Die Berührung war zaghaft, zögerlich, und sie schaffte es nicht, sich ihm zu entziehen.

»Und wenn ich dich so ansehe«, sagte James sanft, »dann sehe ich genau diese Emma vor mir. Die Emma, die mich an die Hand genommen und mir die Sonne gezeigt hat.«

Bei seinen Worten sahen sie einander lange an, wie zwei Fremde und Vertraute zugleich, auf der Suche nach einer Antwort, die ihr Leben bestimmte. Sie betrachtete die Wassertropfen, die in seinen dunklen Wimpern hingen, seine Augen, die unnatürlich hell in dem verlassenen See wirkten, und trieb unweigerlich näher auf ihn zu.

Unter Wasser fanden sich ihre Körper zaghaft und sanft. Ihre Beine umschlossen seine Hüfte und er legte seine Arme um ihren schmalen Körper. Seine Stirn furchte sich, als ihre Nase nur noch einen Hauch von seiner entfernt war, und seine Sehnsucht stand ihm in jeder Stelle seines Gesichtes geschrieben.

Ihr stolperndes Herz trieb ihr einen leichten Schwindel in den Kopf, süß und verlockend, und sie schloss die Augen, während sie die Stirn sanft an seine legte. Sie spürte seinen ruhigen Atem an ihren feuchten Lippen und genoss die Wärme, die sein Körper in dem kalten Wasser ausstieß. Die Arme um seinen Hals geschlungen, zog sie sich enger an ihn und schmiegte ihre Wange an seine.

So ließen sie sich treiben, von dem Gefühl des anderen dicht an dem Körper, dem Gefühl zu wissen, vollkommen zu sein. Denn verlobt oder nicht, James war hier, *ihr* James, wohlbehalten und unversehrt, und dies war der Moment, den sie sich nahm. Der Moment, der ihnen zustand, ungeachtet dessen, was heute war und morgen sein würde.

Als ihre Lippen zu zittern begannen, beschlossen sie, dass es an der Zeit war, zu gehen.

Ihre Arme streiften einander kurz und sie machte unweigerlich einen Schritt zur Seite. Fröstelnd zog sie ihre Arme an die Brust, als eine leichte Brise zu ihnen wehte.

Am Auto angekommen, versuchte sie vergeblich die Nässe aus ihrem Kleid zu drehen. Das Haar lag schwer und klamm an ihrem Rücken, und sie zitterte am ganzen Körper.

»Hier«, hörte sie ihn sagen und sah, wie James ihr etwas zuwarf. In letzter Sekunde fing sie es auf, bevor es zu Boden fiel. »Ich wollte nicht einfach an deinen Kleiderschrank gehen, deswegen habe ich dir etwas von mir mitgenommen. Ich hoffe, das ist okay.«

Als sie den Stoff in ihrer Hand fühlte, warf sie seufzend den Kopf in den Nacken und lachte. Dann wandte sie sich ihm zu, ein Schmunzeln auf den Lippen. »Gut gespielt, Harrington.«

Er hob die Mundwinkel bei ihrem Anblick. Auch das hatte er vermisst. »Ebenso, Edwards.«

In wenigen Bewegungen zog er sich sein eigenes Hemd über und schlüpfte in frische Shorts. Über das Auto hinweg sah er sie abwartend an.

Mit einer Hand deutete sie ihm, sich umzudrehen. »Wenn ich bitten darf.«

Sie sah, wie sich sein Blick veränderte, bevor sie selbst es verstand. Ihr Lächeln schwand, ebenso wie seines, und er wusste genau, dass auch sie sich erinnerte.

In seine Augen trat Bedauern, durchzogen von einer Zärtlichkeit, die sie berührte, ehe er sich schließlich mit einem leichten Nicken umwandte.

Sie hielt noch eine Weile ihren Blick auf seinen Rücken gerichtet, ehe sie den Saum ihres nassen Kleides packte und es sich über ihren Kopf zog. Während sie ihre Augen auf seinen Rücken gerichtet hielt, streifte sie zügig ihre Unterwäsche ab und schlüpfte in sein Hemd. Es war weit und reichte ihr bis zur Mitte der Oberschenkel. Gewagt, aber immerhin trocken, und sie drängte den Gedanken beiseite, was Richard wohl bei ihrem Anblick denken würde. Wenn er die Farbe auf ihren Wangen und den Glanz ihrer Jugend in den Augen sehen würde. Würde er sie noch zur Frau nehmen wollen?

Und viel wichtiger: Wollte sie jemals diese Farbe, diesen Glanz verlieren? Selbst wenn es ihr gelang, würde sie jemals in der Lage sein, das Gefühl zu vergessen?

Als die Antwort unmissverständlich und klar aus ihrem Inneren hervortrat, aus einem Ort in ihrem Herzen, dessen Geflüster sie sich in den letzten Monaten verboten hatte zu lauschen, zupfte sie in einer letzten Bewegung das Hemd auf ihrer noch klammen Haut zurecht und sah zu ihm auf.

Zu dem Mann, an den sie ihre Seele vor langer Zeit hoffnungslos und unwiderruflich verloren hatte.

An einem Tag wie heute vor nunmehr fünfzehn Jahren.

11

»Setze dich bitte kurz zu mir, Emma, und hör mich an. Ich erwarte nicht, dass du mir verzeihst, doch bitte hör mich an.«

Die Worte hallten wie ein Echo durch ihren Kopf, während sie benommen auf das Bündel Briefe auf dem Tisch vor sich sah.

Ohne es zu berühren, wanderte ihr Blick von der spröden Schnur zu den Briefen, deren Ecken und Ränder sich von dem Einfluss der Zeit wellten, bis sie letztendlich auf der geschwungenen Handschrift verweilten, die sie bis in ihre Träume verfolgte.

Als sie zu verstehen begann, wandte sie sich zu James, ängstlich, betroffen. Sein Gesichtsausdruck war angespannt, seine Lippen schmal, und erst, als er ihr mit einem leichten Nicken zu verstehen gab, sich zu setzen, schienen ihre Beine zu gehorchen.

Sie ließ sich auf den Stuhl gegenüber von Harry nieder und spürte kurz darauf die Wärme, die James' Körper dicht an ihrem Rücken ausstrahlte.

Dann sah sie Harry an, blickte in die grauen Augen,

in denen sie als Kind geglaubt hatte, den Himmel zu sehen, und versuchte, sich auf das vorzubereiten, was sie hören würde.

Er ließ sich lange Zeit, als wüsste er nicht recht, wie er beginnen sollte. Dann lehnte er sich langsam auf seinem Schaukelstuhl zurück und legte seine von dunklen Adern gezeichneten Hände ruhig ineinander. Wie immer hatte er eine dicke Wolldecke über seine Beine gebreitet und in der Ecke knackte die Heizung.

»Einige Zeit, Emma, nachdem du nach St. Marys gezogen bist«, begann er schließlich mit kratziger Stimme, »kam ein kleines Bündel Briefe an. Es waren Briefe, die allem Anschein nach in der Feldpost verloren gegangen waren und von denen ich angenommen habe, dass sie bereits Monate zuvor geschrieben wurden.«

Er hielt inne, während sein Blick von ihrem Gesicht abschweifte und hinaus zu den kargen Bäumen vor dem Fenster wanderte. Die Lider hingen schwer, als trügen sie das Gewicht der vergangenen Jahre, während das Grau seiner Augen aus einer anderen Zeit zu stammen schien.

»Da James noch als vermisst galt«, sagte er, »habe ich mich gefragt, was in den Briefen stehen könnte, das den erneuten Kummer rechtfertigte, der dich beim Lesen überkommen würde.« Er hob die Augenbrauen, die Augen noch immer starr in die Ferne gerichtet. »Natürlich rechtfertigte ihre bloße Existenz, sie dir zu überreichen, doch nach all dem Warten und der Trauer darüber, dass James nicht zurückgekehrt war, habe ich verhindern wollen, dass sich die Geschichte wiederholt. Nach allem, was geschehen war, hattest du es endlich geschafft, Savannah zu verlassen und ein neues Leben zu beginnen. Du hast Arbeit in einem Café gefunden, Freundschaften geschlossen – Richard kennengelernt.«

Sein Blick suchte erneut ihren, voller Bedauern und Furcht, und sie spürte, wie James sie sanft am Schulterblatt berührte, um sie ans Atmen zu erinnern.

»Also habe ich sie verwahrt«, gestand Harry, die Stimme brüchig und rau. »Ungelesen verwahrt, da ich wusste, dass ich nicht das Recht hatte, sie zu öffnen, und da ich die Absicht hatte, sie dir eines Tages, wenn die Zeit reif war, zu überreichen.«

Schweigen erfüllte den Raum, und es war, als würde die Zeit stillstehen. Dann räusperte er sich.

»Es verging nahezu ein Jahr, bis vor wenigen Wochen Richard schließlich um deine Hand angehalten hat. Du hast mir die Botschaft mit einem glücklichen Lächeln auf den Lippen überbracht, aber ich habe noch immer den Glanz in deinen Augen gesehen, die schmerzende Erinnerung an James. Also habe ich eines Abends die Briefe hervorgeholt, in der Überlegung, sie dir zu überreichen. Ich dachte, sie würden dir vielleicht noch einmal die Möglichkeit geben, für einen Moment in die Zeit mit James zu entschwinden. Ein letztes Mal, bevor sich alles ändert.«

Dann wanderte sein Blick hinab auf das Bündel Briefe, das auf dem Tisch zwischen ihnen lag, während seine Brust sich schwer hob und senkte.

»Ich hielt also das Bündel in meiner Hand und habe die einzelnen Poststempel auf den Briefen erkannt, die zu unterschiedlichen Tagen abgestempelt worden waren. Ich erkannte, dass James nach Dienstzeit noch am Leben gewesen sein musste, zumindest bis zum 14. August letzten Jahres, dem Poststempel seines letzten Briefes zufolge.«

Sie sah, wie er zu James schaute, der hinter ihr stand, als müsste er erneut den Beweis sehen.

»James hätte folglich aus zwei Gründen als vermisst gemeldet worden sein können: Es war im Eifer des Gefechts ein Fehler in der Aktenführung unterlaufen oder er war als Deserteur geflohen.« Bei den Worten öffnete er seine Hände, ehe er sie wieder ineinanderlegte. »Da ich James jedoch kenne, konnte ich Letzteres ausschließen. Er war zwar zu keiner Zeit ein Verfechter des Krieges gewesen, jedoch wusste ich, dass er niemals riskieren würde, ins Gefängnis zu kommen – wenn auch nur um deinetwillen«, fügte er mit einem beschwichtigenden Blick auf Emma hinzu. »Ich befürchtete also Ersteres und kam nicht umhin, die Briefe auf der Stelle zu öffnen, in der Befürchtung, einen der wohl folgenreichsten Fehler meines Lebens begangen zu haben, indem ich die Briefe nicht von Beginn an genauer studiert habe. Ich habe sie gelesen, darunter unter anderem einen Brief, in dem stand, dass James seinen Dienst um zwei Jahre verlängert hat.«

Die Schwere verschwand und ein Schimmer trat in seine Augen. »Ich brach in Tränen aus und dankte Gott für das Quäntchen Hoffnung, das nach all der Zeit blieb. Das Quäntchen Hoffnung, dass James wohlbehalten nach Savannah zurückkehrte. Ich bin gleich darauf zum Telefon geeilt, um dir die frohe Botschaft zu verkünden, doch während ich deine Nummer wählte, kam mir der Gedanke, dass ich nicht die Gewissheit hatte, dass James auch heute noch am Leben war. Ich erkannte also, dass ich kurz davor war, den Fehler zu begehen, den ich all die Zeit hatte vermeiden wollen – dir Hoffnung zu geben, wo es keine mehr gab.« Dann hielt er erneut inne, um einmal tief einzuatmen. »Ich mahnte mich zur Geduld, ein letztes Mal, in dem Wissen, dass es nur noch wenige Wochen bis zu seiner Rückkehr waren, und hielt mein Schweigen. Als es so weit war, Emma, gab ich dir den Rat, noch einmal nach Savannah zu gehen. Ich machte dir die Bedeutung dessen klar, für ein paar Tage zu entschwinden, in der Hoffnung, James schaffte es und kehrte nach Hause zurück. Es war meine Art, erneut etwas an dem Schicksalsrad zu drehen, das ich zuvor ohne mein Wissen gedreht hatte, nur dieses Mal in die andere Richtung. Und wenn ich euch beide nun sehe, scheint es, als habe Gott es noch einmal gut mit mir gemeint.«

Dann verstummte er und bis auf das leise Knacken der Heizung war es still. Als sie sich noch immer nicht rührte, legte er seine warme Hand auf Emmas. Unter seinen grauen Augenbrauen sah er sie ernst an. »Es tut mir leid, Emma. Ich hatte nicht die Absicht, dir die Briefe vorzuenthalten, und ich bedaure sehr, dass ich damals voreilige Schlüsse gezogen habe. Es war zu keiner Zeit meine Absicht, dich zu verletzen oder dein Glück zu riskieren. Im Gegenteil – ich habe all die Zeit nichts anderes versucht, als dein Glück zu wahren.«

Er entzog ihr seine Hand wieder, während sein müder Blick zu James wanderte, der noch immer dicht hinter ihr stand.

»Dir, James«, sagte er mit belegter Stimme, »schulde ich die größte Entschuldigung. Eine Entschuldigung dafür, dass du meinetwegen all die Zeit dachtest, sie habe dir nicht verziehen. Dass du allein warst und niemand dir geantwortet hat, obwohl du es warst, der die meiste Zuwendung von uns allen benötigt hätte. Ich hoffe, du kannst mir eines Tages verzeihen.«

12

Das Prasseln des Regens gegen die Windschutzscheibe war das einzige Geräusch, das die Stille füllte.
Laut und klagend schlug er an die Fenster, als trüge er
all die Ungerechtigkeit der Welt, und James musste die
Geschwindigkeit drosseln, um die Interstate erkennen
zu können.

Sein Schweigen war eigenartig laut inmitten des Regens und sie konnte sich nicht erinnern, wann er das
letzte Mal gesprochen hatte. Sie fühlte sich bedrückt,
als würde ihr nach und nach die Luft entzogen werden
und ihr verwehren, Worte zu sagen, die sie aussprechen
wollte. Worte, die sie seit vier unendlichen Jahren aussprechen wollte. Doch seit sie losgefahren waren, fühlte
sie eine Schwere in sich, die sich über all diese sehn-
süchtigen Worte legte, und sie wusste nicht, wie sie ihr
entkommen sollte.

Sie sah hinab auf das Bündel Briefe auf ihren Beinen.
Mit jeder Meile, die sie sich Savannah näherten, schienen sie sich stärker in ihren Schoß zu brennen. Ihr Herz
schlug höher, wenn sie an all die Worte dachte, die sie

immer für verloren hielt und die sich nun direkt vor ihr befanden. Worte, nach denen sie sich all die Jahre so sehr gesehnt hatte und bei denen sie sich nun nicht mehr sicher war, ob es gut war, sie zu lesen.

Also habe ich sie verwahrt ... ungelesen verwahrt. Ihre Brust schwoll an und sie wandte erneut ihren Blick von den Briefen ab, um zu verhindern, dass die stillen Tränen auf die zarten Umschläge tropften.

Die Fahrt schien endlos und sie war froh, als sie das vertraute Knirschen unter den Reifen hörte, als sie langsam die Auffahrt zu ihrem Haus hochfuhren. Als sie ausstiegen, rann der Regen unnachgiebig an ihnen hinab. Das Bündel Briefe schützend unter ihre Arme geklemmt, eilte sie mit eingezogenem Kopf die Stufen der Veranda hinauf, James dicht hinter ihr.

Ihre Haare schmiegten sich feucht an ihr Gesicht, während sie in ihr Haus trat und das Bündel Briefe auf der Kommode zu ihrer Linken ablegte. Der Regen hatte ihr eine Gänsehaut über den Körper getrieben, und sie rieb sich wärmend die Arme.

Die Stille schien mit einem Mal erdrückend und sie wandte sich unsicher zu James um. Mit den Händen in den Hosentaschen stand er an dem Fenster im Wohnzimmer, das Gesicht abgewandt.

Sie schwieg eine Weile, auf der Suche nach den richtigen Worten, während sie seine angespannte Haltung betrachtete. Ihre Brust schmerzte bei seinem Anblick. »Es tut mir leid, James.«

Er entfernte sich ein paar Schritte, den Blick noch

immer gesenkt, ehe er seinen Kopf schüttelte. »Es braucht dir nicht leidzutun.« Seine Stimme war rau und leer, und die Art und Weise, wie er sich von ihr distanzierte, schmerzte sie.

»Es …«, begann sie, doch schwieg, als er abwehrend die Hand hob.

»Bitte nicht, Emma.«

»Was?«

»Bitte nimm ihn nicht in Schutz. Nicht jetzt. Nicht heute.« Mit den Händen rieb er sich angestrengt über das Gesicht, während er sich weiter entfernte.

Seine Reserviertheit war ungewohnt und sie setzte unwillkürlich einen Schritt auf ihn zu. »Glaube mir, wenn ich dir sage …«

»Er hatte dazu kein Recht.« Er straffte die Schultern. Bei seinem Anblick blieb sie resigniert stehen und legte ihre Hände ineinander.

»Nein, das hatte er nicht«, gestand sie leise, dankbar, dass ihre Stimme nicht versagte. »Und ich wünschte, er hätte es nicht getan. Ich wünschte es so sehr, dass ich ihn fast dafür hasse.« Ihr Hals schnürte sich zu, und sie holte tief Luft. »Aber je länger ich über seine Worte nachdenke … über seine Gründe … desto eher kann ich nachvollziehen, warum er es getan hat. Es war nicht richtig, sie mir vorzuenthalten, zu keiner Zeit, aber er hat seinen Fehler eingestanden.«

Bei ihren Worten traten seine Wangenknochen hervor und er atmete mehrmals tief ein und aus, ehe er mit kaum hörbarer Stimme antwortete: »Nur, dass dieser

Fehler dazu geführt hat, dass du heute einem anderen Mann versprochen bist.«

Er wandte sich ihr zu, und sie konnte nicht sagen, ob es die Mischung aus Wut und Schmerz in seinem Blick oder sein Vorwurf war, doch mit einem Mal klaffte das Loch erneut auf, das seit gestern tief in ihrem Inneren war.

»Du selbst bist schuld! Du selbst warst es, der geblieben ist, obwohl du versprochen hattest, es nicht zu tun. Obwohl du versprochen hattest, zu mir zurückzukommen. Hat dir dein Wort denn gar nichts bedeutet?«

Sie sah, wie sehr sie ihn mit ihren Worten traf. Mit den Armen stützte er sich auf der Fensterbank ab, während sich seine Brust angestrengt hob und senkte. Er widersprach ihr nicht und seine stille Zustimmung bewegte sie. »Das alles habe ich nicht so geplant, James.«

Bei ihren Worten zuckte sein Kiefermuskel. »Denkst du, ich habe alles so geplant, Emma?« Er atmete schwer aus, den Kopf gebeugt. »Und ich habe dir bereits gesagt, dass ich dir keinen Vorwurf mache.«

Sie wusste, dass er die Wahrheit sagte, und vermutlich war es genau das, was sie weiter antrieb. »Was ist es dann? Was hätte es geändert, wenn Harry mir die Briefe überreicht hätte? Du warst ja doch nicht hier!«

Sein Blick fand ihren, eine Bestimmtheit und ein Verlangen darin, bei denen sich ihr Magen zusammenzog. »Wir wissen beide, dass du gewartet hättest. Nach gestern und heute … Nachdem ich gesehen habe, wie du mich noch immer ansiehst.« Er schüttelte den Kopf.

»Du hättest gewartet, egal, wie sehr du mich für meine Entscheidung gehasst hättest. Du hättest gewartet.«

Ihre Brust schwoll an. »Und was, wenn ich nicht mehr hätte warten wollen? Was, wenn ich genug davon gehabt hätte, ständig auf dich zu warten?«

»Warum bist du dann hier, Emma?«, rief er mit einem Mal, die Arme weit ausgebreitet, sein Atem laut und stoßweise durch seinen Mund. »Warum bist du in Savannah? Und sag bitte nicht, weil Harry es dir geraten hat.«

Sie trat einen Schritt zurück, zu benommen, um zu reagieren, doch er schloss erneut den Abstand zwischen ihnen.

In seinen Augen war nichts als Innigkeit. »Du bist nach Savannah gekommen, Emma, weil du mich nicht vergessen kannst. Weil du Angst hast, jemanden zu heiraten, den du nicht heiraten willst. Du liebst ihn vielleicht, ja, aber nicht so sehr, wie du mich geliebt hast – noch immer liebst.«

Ihr stiegen Tränen in die Augen und er beugte sich tiefer zu ihr, in dem unüberwindbaren Drang, ihr nah zu sein. »Wir wissen beide, dass du zu mir gehörst. Du hast immer zu mir gehört, vom ersten Tag an. Und ja, vielleicht hat uns das Leben auf eine Probe gestellt, und ja, vielleicht haben wir beide einen Fehler begangen. Ich, als ich meinen Dienst verlängert habe, du, als du der Hochzeit zugestimmt hast.« Er griff nach ihrer Hand. »Aber, Emma«, flehte er. »Warum sollte ich heute hier stehen, wenn nicht, weil es das einzig

Richtige ist? Hast du dich nicht auch gefragt, warum du noch nicht verheiratet bist und ich hier stehe, mit allem, was ich dir geben kann, mit allem, was ich bin, und um Vergebung bitte? Warum uns das Schicksal nach all den Jahren endlich wieder zusammengeführt hat?«

Seine Hand war fest um ihre geschlungen und sie spürte, wie ihr Herz unter seinem Blick in einem Rhythmus schlug, der sie erzittern ließ.

»Doch«, sagte sie mit ruhiger Stimme. »Das habe ich.«

Er sah in ihre Augen, und die Schönheit und Vertrautheit trafen ihn so stark, dass er dem Drang widerstehen musste, ihr Gesicht in seine Hände zu nehmen. »Und?«

»Und …«, setzte sie fort, doch wusste selbst nicht, was sie sagen wollte. »Und ich habe mich gefragt, ob es so sein soll. Ob das Universum andere Pläne mit uns hat. Pläne, die nicht uns gemeinsam betreffen.«

»Warum sollte das Universum so etwas von uns verlangen?«

»Ich weiß es nicht«, hauchte sie und schien in seinen Augen die Antwort zu suchen. »Ich weiß nur, dass du vier Jahre nicht hier warst. So viele Zufälle uns auch zusammengeführt haben, so viele haben uns getrennt. Die Lotterie, die dich mir genommen hat … deine Briefe, die so viel später ankamen … Harry, der sie all die Zeit verwahrt hat … Als wollte das Universum, dass wir uns verpassen. Als wäre das unser Schicksal und nicht das, was wir uns darunter vorgestellt haben.«

»Sag so etwas nicht.«

»Aber wenn es wahr ist?« Tränen traten in ihre Augen. »Wir haben einander verloren, James. Ich werde heiraten.«

»Das kann nicht das sein, was du willst.« Entschieden schüttelte er den Kopf. »Du machst dir selbst irgendetwas vor, warum, weiß ich nicht.«

»Ich mache mir nichts vor.«

»Warum leugnest du dann, was du fühlst? Was du wirklich willst?«

»Ich leugne gar nichts.«

»Dann sieh mich jetzt an, Emma«, sagte er und stellte sich vor sie, eine Hand an seinem Herz. »Sieh mich jetzt an, in diesem Moment, und sag mir, dass du mich nicht liebst. Sag es mir. Hier und jetzt. Ich will es hören. Sag mir, dass du mich nicht liebst, und ich werde dich für immer gehen lassen. Sag es mir, Emma.«

Sie fing an zu weinen. Zitternd stand sie vor ihm und schwieg, während die Tränen an ihrem Gesicht hinabrannen.

Mit der Hand schlug er sich erneut auf die Brust. »Sag es mir«, forderte er. »Sag mir, dass du mich nicht liebst, Emma. Sag es.«

Ein Schluchzen kam aus ihr hervor und sie schüttelte den Kopf. »Ich kann nicht«, hauchte sie schließlich und schloss die Augen.

Seine Schultern sanken ein und für einen Moment schien alles um ihn herum zu verschwimmen. Die Hand noch immer auf der Brust, sah er sie an, die Frau, die sein ganzes Leben war, und spürte, dass er das einzig Wertvolle, das er noch besessen hatte, für immer verloren hatte.

»Ich kann nicht«, wiederholte sie und sah zu ihm auf. Der Schmerz in seinen Augen erschütterte sie und ihr Herz schnappte nach Luft.

Sein Brustkorb hob und senkte sich, und er setzte einen Schritt zurück.

Die Welt stand still, als erkannte auch sie die Unvernunft und Ungereimtheit all dessen, und er zwang sich, an den Sternenhimmel zu denken, den er die letzten Jahre nachts hoch über seinem Kopf gesehen hatte. Der Sternenhimmel, der ihm all die Zeit den Weg gewiesen, ihm Hoffnung gegeben hatte, Zuversicht und Halt, denn das, so schien es, war das Einzige, was ihm nach allem noch blieb.

Und so neigte er leicht seinen Kopf, die Hand noch immer auf der Brust, die Augen voll Schwermut und Sehnsucht, ehe er sich umwandte und mit schweren Schritten im Regen verschwand.

13

Mit angezogenen Beinen saß sie auf der Fensterbank ihres Schlafzimmers, den Kopf müde auf den Knien abgelegt, und sah hinaus auf die hohen Eichen, deren Blätter vom Regen dunkel und schwer an den Ästen hingen. Die Dämmerung war bereits hereingebrochen, schleichend und zaghaft, und sie wusste, dass es nicht lange dauern würde, bis das schwach flackernde Kerzenlicht in der Ferne noch stärker inmitten des Regens leuchtete.

Es war bereits einige Stunden her, dass James gegangen war. Aus der Ferne hatte sie zugesehen, wie er mit einem Stein das Schloss seiner Scheune aufgeschlagen und anschließend mit einem Brecheisen die Haustür aufgebrochen hatte. Sie hatte nicht sagen können, was genau ihn dazu getrieben hatte, vollkommen ohne Wasser und Strom, und bei jedem Schlag und Knacken war sie zusammengezuckt. Nachdem er die Tür aufgebrochen hatte, war er für eine Weile in seinem Haus verschwunden. Es war ein eigenartiges Gefühl für sie gewesen und am liebsten wäre sie geradewegs hinübergerannt. Doch dann war er erneut herausgekommen, hatte eine Kerze aufflackern lassen und sich auf den Boden der Veranda gesetzt.

Aus der Ferne erkannte sie nur grob seine Umrisse, seinen an der Hauswand gelehnten Oberkörper und seine übereinandergeschlagenen Beine, und doch schaffte sie es nicht, ihren Blick abzuwenden.

Nur, dass dieser Fehler dazu geführt hat, dass du heute einem anderen Mann versprochen bist.

Du selbst bist schuld! Du selbst warst es, der geblieben ist, obwohl du versprochen hattest, es nicht zu tun. Obwohl du versprochen hattest, zu mir zurückzukommen. Hat dir dein Wort denn gar nichts bedeutet?

Denkst du, ich habe alles so geplant, Emma?

Was ist es dann? Was hätte es geändert, wenn Harry mir die Briefe überreicht hätte? Du warst ja doch nicht hier!

Wir wissen beide, dass du gewartet hättest. Nach gestern und heute … Nachdem ich gesehen habe, wie du mich noch immer ansiehst … Du hättest gewartet, egal, wie sehr du mich für meine Entscheidung gehasst hättest. Du hättest gewartet.

Müde rieb sie sich über das Gesicht und versuchte angestrengt, die Sehnsucht in ihrem Herzen zurückzuhalten. Sie war so stark und unnachgiebig, dass sie fürchtete, sie würde sie ihres Verstandes berauben.

Sie verfolgte die einzelnen Tropfen, die wie Tränen an der Scheibe ihres Schlafzimmerfensters hinunterrannen, während sie dem inneren Drang zu widerstehen versuchte, die Briefe zu lesen. Immer und immer wieder rief sie sich Richard in Erinnerung, ihre Verlobung und bevorstehende Hochzeit. Sie dachte an ihre Freundinnen in St. Marys, an Susan und Mary-Anne, die ihre Brautjungfern sein würden. Was würden sie sagen, wenn sie sie heute so sehen könnten?

Blauäugig, albern, töricht.

Sie seufzte und hob den Kopf. Was interessierte sie die Meinung von Susan und Mary-Anne?

Eine Weile verging, ihr Blick auf das Licht in der Ferne gerichtet, die Gedanken in Zeiten, die ein Leben entfernt schienen, ehe sie sich erhob und auf Zehenspitzen die Treppe hinunterschlich. Sie blieb vor der Kommode stehen und wippte unsicher auf ihren Füßen hin und her, die Hände hinter dem Rücken verschränkt.

Tu's nicht, tu's nicht, tu's nicht, hörte sie eine Stimme rufen, doch in ihrem Inneren sang noch eine ganz andere. So verlockend und reizvoll, dass sie unvermeidlich ihre Hand ausstreckte. Ihr Herz stolperte, als sie mit ihrem Daumen über seine Schrift fuhr, und ohne den Blick abzuwenden, huschte sie eilig die Treppe hinauf und setzte sich erneut dicht an das Fenster.

Vorsichtig öffnete sie die Schnur und blätterte nach und nach all die Briefe durch, die er noch all die Zeit über geschrieben hatte. Ihre Brust wurde schwer und sie nahm den Brief mit dem ältesten Poststempel hervor. Sacht zog sie das Papier heraus.

Ihr Blick huschte hoch in die rechte Ecke. *11. Dezember 1971.*

Vor nahezu zwei Jahren, dachte sie, und strich mit ihrer Hand über das Blatt, als könnte sie seine darauf spüren.

Sie sah noch einmal durch die Regentropfen hinüber zu dem Licht, zu dem Mann, der ihr den Brief vor zwei Jahren an einem Ort fern dem ihren geschrieben hatte, ehe sie ihren Blick erneut auf das gewellte Papier richtete und mit einem vertrauten Ziehen in der Brust begann, seine Worte zu lesen.

Liebe Emma,

der Himmel ist heute in zwei Welten gespalten – eine Welt aus Helligkeit und Klarheit, durchzogen von weißen und goldenen Strahlen, die die Berge am Horizont in einem bunten Lichtspiel in ihrer Schönheit offenbaren; und eine Welt aus Dunkelheit und Zwiespalt, deren grollende Wolken das Licht wie ein schwarzes Loch absorbieren und die Welt in ein Spiel aus Schatten und Finsternis hüllen.

Ein ansehnliches Spektakel, wäre da nicht mein Innerstes, das ein wahrhaftes Spiegelbild dessen zu sein scheint. Ein Herz in zwei Welten gespalten – die eine voll Helligkeit und Klarheit, die andere voll Dunkelheit und Zwiespalt. Und während ich hier sitze, frage ich mich, ob es immer diese zwei Welten in unserem Inneren gibt – eine helle und eine dunkle –, in ständigem Kampf um unsere Vernunft.

Es ist zumindest ein Kampf, den ich seit Wochen in mir herumtrage, und heute, Emma, scheint die helle Seite den Kampf verloren zu haben. Was einst als klar und unbestreitbar galt, ist nun verschwommen und trüb, und ich fürchte, Emma, ich fürchte, ich habe etwas getan, das zu meinem Verhängnis wird. Etwas, das mich noch länger von dir und dich von mir trennt.

Etwas, das mein Wort, das ich dir bei unserem Abschied gege-
ben habe, unwiderruflich bricht. Doch was, habe ich mich die
letzten Wochen und Tage gefragt, wiegt mein Wort, meine
Liebe, meine Sehnsucht nach dir gegen das Unheil hier?

Ich habe es mich so lange gefragt, Emma, bis es gar keinen
Ausweg, gar keine andere Möglichkeit mehr gab, und je länger
ich darüber nachdenke, desto mehr scheint es ein Pakt mit Gott
zu sein. Ein Pakt um meine Seele, die ich mit meiner Einberu-
fung verloren glaubte und nun zurückzuerlangen vermag. Ein
Pakt, um das Leben und Schicksal mancher hier weniger kläg-
lich in dem bereits tosenden Sturm des Krieges werden zu lassen.

Glaube mir, Emma, wenn ich sage, dass ich versucht habe,
mich von all dem abzuwenden. Dass ich versucht habe, die Au-
gen zu schließen und all dem hier den Rücken zu kehren. Doch
es waren die Gesichter jedes einzelnen Kindes, jeder einzelnen
Frau, die mich nachts, wenn der Schlaf Gnade walten ließ,
heimsuchten. Die Gesichter derer, die ich nicht vor den Gewalt-
taten bewahren konnte, und mit jeder Nacht, die mein Diens-
tende näher rückte, schien sich die Anzahl derer zu verdoppeln,
verdreifachen, vervierfachen, bis ich am Ende nichts als ein
Meer an Gesichtern sah. Ein Meer an Gesichtern, das an mein
Handeln gebunden war und erneut in meinem Inneren die Frage
aufkeimen ließ: Was wiegt mein Wort, meine Liebe, meine
Sehnsucht nach dir gegen das Unheil hier?

Und so hatte ich keine Wahl, Emma, als jene, meinen Dienst
um weitere zwei Jahre zu verlängern. Ich hatte keine Wahl, so
wie der Krieg und die Einberufung nicht meine Wahl waren,
auch wenn es eine andere Art der Wahl war. Es war nicht die
Entscheidung meines Landes, meines Oberhaupts, meines

Offiziers. Es war eine Entscheidung meiner selbst, in der Er-
kenntnis, mit meiner Rolle, die mir aufgebürdet worden ist, nicht
nur Unheil, sondern auch Gutes vollbringen zu können. Es war
ein Spiel, in dem der Einsatz lange nicht mehr nur mein oder
dein Leben war. Es waren die Leben so vieler anderer, die es zu
berücksichtigen galt, und die die zwei Welten in meinem Inneren
aus dem Gleichgewicht brachten, genau wie der Himmel vor
mir.

Und so kann ich dich nur um Vergebung bitten, Emma, um
Vergebung bitten, geblieben und nicht zu dir zurückgekehrt zu
sein. Um Vergebung bitten, mein Wort gebrochen und dein Ver-
trauen missbraucht zu haben. Es ist etwas, worauf ich vertrauen
muss, denn der Gedanke, dass du dich von mir abwenden könn-
test, ist unerträglich.

Und so vertraue ich in dich, Emma, in deine Warmherzigkeit
und Güte, vertraue darauf, dass du mir eines Tages verzeihst.

In sehnsüchtiger Erwartung deiner Nachricht,

James

Sie las den Brief noch ein weiteres Mal, ehe sie ihn in
ihren Schoß legte und aus dem Fenster sah. Die Worte
übermannten sie wie die Wellen bei Flut und öffneten
Wunden ihres Herzens, die sie mühsam über die Jahre
geschlossen hatte. Ein Teil davon durchlief sie warm
und vertraut, ein Gefühl, das den Takt ihres Herzens
bestimmte.

Und so vertraue ich in dich, Emma, in deine Warmherzigkeit und Güte, vertraue darauf, dass du mir eines Tages verzeihst.

Ihre Brust schwoll an, wissend, dass sie ihm Unrecht tat. Natürlich verzieh sie ihm. Sie hatte ihm von dem ersten Moment an verziehen. Es schmerzte sie, denn auch sie hatte gelitten. Ein anderes Leiden, doch genauso von Schmerz und Angst geprägt. Angst, dass der Mann, an den sie ihr Herz verloren hatte, mit einem Mal verschwand. Dass die Welt ihn für immer von ihr nahm, ohne dass sie etwas dagegen hatte unternehmen können.

Und doch hatte sie ihn verurteilt. Hatte ihm die Schuld an allem gegeben und ihn von sich gestoßen. Dabei klammerte sie sich doch nur hilflos an etwas fest, um sich ihrem Verlangen nicht hinzugeben. Um Richard treu zu bleiben, so widersprüchlich die Umstände auch geworden waren.

»Das hat er nicht verdient«, flüsterte sie erneut. »Das hat er einfach nicht verdient«.

Eine Träne rollte an ihrer Wange hinab und tropfte auf ihren Oberschenkel. Sie wischte sie hinfort und legte den Brief beiseite. Nach und nach ging sie die unterschiedlichen Daten der Poststempel durch, bis sie fand, wonach sie suchte.

14. August 1972

Mit ruhigen Händen zog sie ihn hervor, während ihr Blick über die zahlreichen Zeilen huschten. Dann sah sie noch einmal aus dem Fenster, betrachtete die dunklen Eichen, die geheimnisvoll sein Haus zierten, ehe sie tief einatmete und begann, seine letzten Worte zu lesen.

Seine letzten Worte an sie.

Liebe Emma,

die Sonne ist bereits vor einigen Stunden untergegangen – goldrot und erhaben wie ein Schein Gottes. Der Himmel ist nun schwarz, gesprenkelt von Sternen, Jahrtausende alten Sternen, die im gleichen Schein leuchten wie gestern und vor einem Jahr und zweien und vielen davor. Die Erde dreht sich, ganz leise und leicht, und ich sitze hier im Sand am Meer, sehe den Wellen zu, wie sie stetig an die Küste schlagen, wie gestern und vor einem Jahr und zweien und vielen davor.

Die Briefe kommen und gehen, wie die Wellen des Meeres vor mir, Strömungen zwischen den Welten, tagein, tagaus, doch keiner ist von dir. Und nun, ein Jahr und unzählige unbeantwortete Briefe später, ist wohl die Zeit gekommen, die ich seit Langem fürchte. Die Zeit, Abschied von dir zu nehmen.

Doch ich weiß nicht, wie ich Abschied nehmen soll ... Ich starre auf das Blatt, das schon knittrig ist von den vielen Malen, die ich es zur Seite gelegt habe. Mein Herz ist leer, mein Verstand still, mein Körper taub ... als würde ich mit jedem Wort, das ich schreibe, etwas von meiner Seele hergeben.

War es nicht das, was es von Beginn an war? Als man mich dir nahm? Dich mir? Ein Stück unserer Seele hergeben?

In all den vergangenen dunklen Nächten lag ich unter einem Sternenhimmel und dachte an all die Dichter, die von ihrer Liebsten sprachen. Von der Luft, die ihnen zum Atmen genommen wurde. Dem Herzschlag, der ihnen das Leben geben sollte. Ich dachte immer, wie irrsinnig sie doch waren. Ein Herz schlug, weil es in der Brust schlug. Die Lunge füllte sich, weil es sie danach verlangte. Ein Leben ging weiter, weil es das Leben war.

Ich war nie ein Dichter, wollte nie einer sein, und doch waren sie es, an die ich die letzten Tage häufig dachte. Denn, so erkenne ich heute, es bedarf mehr als nur der Luft, um zu atmen. Eines Herzens, das in der Brust schlägt. Eines Lebens, damit das Leben weitergeht. Es bedarf so viel mehr, so viel mehr von alledem, was nun fort zu sein scheint. Es braucht Hoffnung, es braucht Freude, es braucht Liebe. Es braucht dich — ich brauche dich, meine Emma, meine herzallerliebste Emma, denn was war ich jemals und werde ich jemals sein ohne dich? Ich lüge nicht, wenn ich sage, du bist meine Luft, mein Herzschlag, mein Leben. Ich lüge nicht und weiß es auch jetzt, da mit jedem Wort, das ich schreibe, mein Atem schwerer wird, mein Herz, mein Leben.

»Ich bin dein, und du bist mein«, hast du einst vor so langer Zeit gesagt, Zeit, die sich anfühlt wie ein Leben. Und doch höre ich dich noch immer in meinen Träumen, sehe dich, spüre dich, wie du dicht an meinem Körper liegst, meine Hand mit deiner verschränkst und mir die Worte zuflüsterst.

Hier sagen sie, es ist das Erste, das man vergisst — die Stimme seiner Liebsten. Viele, die hier sitzen, haben die Stimme ihrer Liebsten bereits verloren. Was sie nicht wissen, ist, dass ich noch immer deine höre. Es ist ein Geheimnis, das ich für mich bewahre — für uns, weil es das Einzige ist, das mir noch bleibt. Dass ich dich höre, ganz tief in mir drin, als gäbe es ein unsichtbares Band zwischen uns. Ein Band, das uns über die Welten und Meere hinweg miteinander verbindet.

Ich frage mich, wann dieses Band reißen wird. Wann es zu sehr beansprucht sein wird, von der Distanz und Zeit, die zwischen uns liegen. Dem vielen Kummer.

Ich habe Angst davor, eines Tages aufzuwachen und zu spüren, dass es fort ist – so wie vieles andere bisher. Doch Angst, habe ich in meiner Zeit hier gelernt, ist manchmal besser als Mut. Sie hält dich am Leben, wenn alles andere dagegenspricht, und besteht, weil es etwas gibt, das du noch verlieren kannst. Und so stütze ich mich auf den Gedanken und sehe der Angst entgegen. Ich werde sie willkommen heißen, sie mit mir tagein, tagaus herumtragen, weil sie mich daran erinnert, dass ich etwas habe, etwas ungemein Wertvolles auf dieser Welt, das ich verlieren kann. Und wenn der Tag eintreten sollte und ich es verliere, werde ich immer noch die Angst all der Jahre wie eine Hand auf meiner Schulter spüren, und weiß, es war wahr.

Und war das nicht genug? War es nicht genug, dieses Band, diese Liebe, einst gespürt und erfahren zu haben? So viele habe ich hier kennengelernt, einsam umherwandernde Seelen auf der Suche nach etwas, das sie nicht kennen. Viele von ihnen haben diese Welt verlassen, ohne es je zu erfahren. Das Gefühl einer geliebten Hand auf der Haut. Doch ich – ich hatte mehr von alledem, mehr, als ich je verdient habe, und so schaue ich in den dunklen Himmel, sehe die Sterne einzeln leuchten, und weiß, es ist genug.

Es tut mir leid, dass ich dir nicht das Leben geben konnte, das du so sehr verdient hast. Dass ich dich allein gelassen habe, als du mich am meisten gebraucht hast. Dass ich nicht einfach deine Hand genommen habe, als ich es konnte, und mit dir gerannt bin, weit weg, irgendwohin, wo man uns nicht finden konnte. Dass ich hiergeblieben bin, als du so sehnsüchtig auf mich gewartet hast. Dass ich zu schwach war, um das alles durchzustehen.

Ich wünsche dir alles, was du dir je erträumt hast. Ich wünsche dir Ruhe, die du schon vor so vielen Jahren verdient hast. Ich wünsche dir Mut, um die vielen Dinge zu tun, die du immer tun wolltest. Hoffnung, die dich weitergehen lässt, egal was geschieht. Gesundheit, damit du genug Zeit hast, um die Welt zu deiner zu machen. Glaube, auch wenn er gerade vielleicht fern zu sein scheint. Glück, das dich jeden Tag auf deinem Weg begleitet. Und ich wünsche dir Liebe. All die Liebe, die du verdient hast.

Vielleicht, so Gott will, werden sich unsere Wege wieder kreuzen. Vielleicht werde ich an einer Straßenseite stehen, aus einem Bus aussteigen oder in einem Café sitzen – und auf einmal bist du da.

Ich kann dich schon vor mir sehen – so wunderschön und erhaben wie du immer warst. Deine Haare werden etwas kürzer sein, vermutlich gerade so, dass sie auf deinen Schlüsselbeinen aufliegen. Dein Blick wird forschend auf meinem Gesicht ruhen und die Frau offenbaren, die du über die vielen Jahre geworden bist. Um deine Augen herum werden kleine Falten sein, von den vielen Sorgen und Tränen, die du in deinem Leben bereits vergossen hast – wegen deiner Mutter, deines Vaters, meinetwegen. Ich werde jede einzelne lieben und hassen gleichzeitig, weil sie zeigen, was einst war, was hätte sein sollen und was heute ist.

Ich werde dich ansehen und lächeln, weil es immer so war. Deine Stirn wird sich in Falten legen und dein Blick zu meinen Lippen wandern, wie auch das immer so war. Und wenngleich du mir vor so vielen Jahren nicht verziehen hast und noch immer nicht verzeihen wirst, wird sich ebenso auf deine Lippen ein Lächeln legen.

Weil wir es sind.

Du und ich, die sich nach all der Zeit erneut gefunden haben. Die einander gegenüberstehen, wie zwei verlorene Seelen, und endlich wieder angekommen sind. Die endlich dort sind, wo sie ihr ganzes Leben lang hätten sein sollen.

Mit jedem Atemzug werde ich auf diesen Tag, diesen Moment warten. Ich werde nach dir Ausschau halten, egal an welchem Ort ich bin. An dich denken, egal wie verloren ich bin. Und dich lieben, egal wie fern ich auch bin.

Jeden Tag für immer.
In ewiger Liebe und Sehnsucht,

James

Eine Träne fiel auf das Papier und ließ die Buchstaben verschwimmen. Ihre Brust war von einer eigenartigen Schwerelosigkeit und zugleich Schwere erfüllt, und sie ließ sich tiefer gegen die Wand sinken.

Während sie an diesem stillen Abend hoch oben in ihrem Schlafzimmer erneut in seinen Worten versank, spürte sie, wie das schwach flackernde Licht in ihrem Inneren bei seinen sanften Worten stärker zu scheinen begann.

Als sie gerade dabei war, einen weiteren Brief zu lesen, vernahm sie aus der Ferne mit einem Mal leise

Musik, die über den Regen hinweg gedämpft durch das Fenster drang. Bei dem Klang hob sie ihren Kopf, die Stirn gerunzelt.

Sie sah James von seiner Veranda aus zu ihr herüberblicken, die Hände in den Hosentaschen, neben ihm die Umrisse eines Plattenspielers.

Aber wie …

Mit angehaltenem Atem versuchte sie dem Lied zu lauschen, doch ihr Herz war zu laut, um es zu erkennen. Sie legte die Briefe beiseite und sprang von der Fensterbank. Mit schnellen Schritten eilte sie die Treppe hinunter und öffnete die Haustür. Auf der Veranda blieb sie zögerlich stehen, während sie den vertrauten Klängen lauschte, zu denen sie vor so langer Zeit getanzt hatten.

Der Regen war fein und leicht und fühlte sich angenehm kühl auf ihrer Haut an. Sie sah, wie er sie noch immer mit den Händen in den Hosentaschen von der Veranda aus beobachtete, und während sie auf ihn zulief, fühlte sie sich mit einem Mal, als wäre sie in die Vergangenheit gereist.

Sanfte Schatten tanzten im Licht der Kerze auf der Veranda, und als sie James dicht vor sich sah, mit seinen hellen Augen und markanten Zügen, fuhr es ihr unmittelbar durch den ganzen Körper. Ihre Aufmerksamkeit wanderte zu dem alten Plattenspieler seines Vaters und dem Stromgenerator dicht daneben. Ein Lächeln breitete sich auf ihren Lippen aus, und ohne es wahrzunehmen, lief sie die Stufen der Veranda zu ihm hoch.

Sie stellte sich vor ihn und sah ihn an. Den Mann, der ihr Herz nach all der Zeit noch immer zum Singen brachte. Sein Blick ruhte sanft auf ihrem Gesicht, innig, und ließ das Verlangen in ihr aufkeimen, sich in seine Arme zu legen.

Ohne etwas zu sagen, zog er sie an sich. Er schloss ihre Hand in seine und legte die andere an ihre Hüfte. Mit einem leichten Druck schob er sie eng an seinen Körper, bis ihr Gesicht nur einen Hauch von seiner Brust entfernt war. Dann begann er, sich langsam mit ihr zu wiegen, seine Hand warm um ihre geschlossen, und ihr Herz folgte.

Die Hand an seine Schulter gelegt, sog sie seinen vertrauten Geruch tief ein und schmiegte sich so nah an ihn, wie es der Tanz erlaubte. Ihre Schritte waren zaghaft, die Musik inmitten des Regens sanft, und während sie sich bewegten, war es, als gäbe es nichts anderes auf dieser Welt als sie. Als wären die Klänge und der Regen nur für sie bestimmt, einzig und allein für diesen Moment.

Er neigte leicht den Kopf, bis er sanft ihre Wange berührte. »Ich habe zwar gesagt, ein Wort und ich lasse dich für immer gehen. Aber ich fürchte, ich habe gelogen.«

Seine Stimme bebte durch ihren ganzen Körper und ließ sie erzittern. Ihr Atem ging stoßweise und sie war froh, als sie ihre Stimme fand. »Du warst schon immer ein schlechter Lügner.«

»Scheint, als hätte sich nicht viel geändert.«

»Ja«, flüsterte sie. »So scheint es in der Tat.«

Ihre Hand fuhr weiter seine Schulter hinauf, während sie sich näher an seine Wange schmiegte. Mit geschlossenen Augen lauschte sie dem Gesang von Ray Charles, während er sich langsam mit ihr bewegte.

Nach einer Weile wandte er sich zu ihr und sah sie an. Unter seinem Blick legte sie ihren Kopf weiter in den Nacken, damit sie ihm näher war.

Sein Gesicht schien für diesen Moment ungewöhnlich ernst, wenn nicht gar trübsinnig, und der Gedanke, dass sie der Grund für sein inneres Zerwürfnis war, ließ sie weiter auf ihre Zehenspitzen steigen.

»Wie kannst du uns nur aufgeben, Em?« Er betrachtete jede Stelle ihres Gesichts, als suchte er verzweifelt nach einer Antwort.

»Du warst es, der mich aufgegeben hat.«

»Ich habe dich niemals aufgegeben. Nicht für eine Sekunde.« Sein Ausdruck wurde betrübt. »Bei allem, was mir heilig ist, ich bin fast verrückt geworden ohne dich.«

»Verrückt?«, hauchte sie.

»Ja, verrückt. Vollkommen verrückt.«

Er legte seine Hand an ihre Wange und sein Daumen fuhr langsam zu ihrem Mundwinkel. Seine Berührung war nur ein Hauch und doch verlangte alles in ihr danach. Sie hielt den Atem an, während er die Spur ihrer Oberlippe entlangstrich.

»Liebst du ihn wirklich, Emma? Bitte sag es mir. Ich

verliere sonst den Verstand.«

»Ja«, gestand sie ehrlich, atemlos unter seiner Berührung. »Aber nicht so sehr, wie ich dich geliebt habe. Das mit uns ist etwas anderes.«

»Etwas anderes?«

»Ja.«

Er legte die Stirn an ihre und sie schloss einen Moment die Augen, während sein Daumen noch immer über ihre Oberlippe fuhr. Die Berührung ließ sie ganz schwindelig werden.

»Inwiefern?«

Sein Atem durchmischte sich mit ihrem und sie musste mit Mühe ihre Augen wieder öffnen. »Ich fürchte, dass das, was uns verbindet, weit über Liebe hinausgeht.«

»Und doch schaffst du es, dich dagegen zu wehren?«

Sie schwieg, genoss die Wärme seines Körpers, den sanften Druck seiner Hände. »Ich habe Angst, ihn zu verletzen. Er ist liebevoll und fürsorglich. Und er ist gut für mich.«

»Nicht so gut, wie ich es bin.«

»James.« Sie atmete schwer.

»Du würdest mich zum unglücklichsten Mann auf Erden machen, wenn du ihn heiratest, Emma.«

Der Nachdruck in seiner Stimme berührte sie und sie schloss erneut die Augen, ihre Stirn an seiner. Er zog ihre Hand an seine Brust, sodass sie seinen Herzschlag fühlen konnte.

»Ich kann dich nicht verlieren, Emma. Nicht noch

einmal.«

Die Angst in seiner Stimme traf sie. Ihre Hand fuhr in seinen Nacken, während sie ihre Wange an seine schmiegte.

»Du hast mich nie verloren«, flüsterte sie. »Nicht wirklich.«

Er grub die Hand stärker in ihren Rücken und zog sie enger an sich, als könnte er sie so für immer bei sich behalten. »Dann heirate mich statt ihn. Jetzt, morgen oder in einem Jahr. Heirate mich und ich werde dich zur glücklichsten Frau machen.« Seine Lippen fuhren dicht zu ihrem Ohr und sein Atem ließ sie erschaudern. »Es wird Höhen und Tiefen geben. Gute Tage, schlechte Tage. Das alles wird Teil des Ganzen sein, das ist das Leben. Aber ich weiß, dass wir am Ende jedes einzelnen Tages glücklich nebeneinander einschlafen werden und dass ich dich häufiger zum Lachen als zum Weinen bringen werde. Ich werde dich lieben und ehren, und wenn du mir deine Hand gibst, Emma, dann werde ich sie nie wieder auch nur einen Tag loslassen.«

Mit ihrer Nase schmiegte sie sich an seine Wange, während sie durch seine Haare strich.

»Nie wieder?«, flüsterte sie.

»Nie wieder«, sagte er und zog ihre Hand noch enger an seine Brust.

Sie verfielen in Schweigen, Hüfte an Hüfte, während nichts als die Klänge ihrer Herzen die Stille erfüllten. Als der Regen stärker wurde, nahmen sie kaum wahr, wie die Platte hinter ihnen endete. Arm in Arm wiegten sie sich in einem Takt, der nur für sie bestimmt zu sein schien, und während die Nacht über ihren Köpfen immer dunkler und dunkler wurde, war es, als lauschte die ganze Welt.

14

Das Licht der Kerze war das einzige, das den staubigen Holzboden erhellte.

Inmitten der abgedeckten Möbel stand sie in ihrem Kleid vor ihm und sah ihn schüchtern und doch klarer als je zuvor an. Seine Brust hob und senkte sich, während er sie betrachtete, und sie setzte einen Schritt auf ihn zu. Ihre Beine waren wackelig, und als sie nur ein Atemzug voneinander trennte, legte sie ihre Hand an seine Brust. Sie zitterte leicht, doch er umschloss sie mit seiner und drückte sie fest an sich.

Ihr Blick fand seinen und erneut sah sie die unbestreitbare Gewissheit darin, dass sie die Einzige für ihn war. Immer war und immer sein würde.

Er legte die Hand an ihre Wange, warm und sanft. Unter der Berührung schloss sie einen Moment die Augen und atmete tief aus. Als sie sie wieder öffnete, sah sie all die Vertrautheit und Sehnsucht der vergangenen Jahre.

Seine Hand wanderte in ihren Nacken, während er seinen Kopf tiefer neigte und sein Daumen ihre Wange streifte – ein unausgesprochenes Angebot, Geständnis, Bekenntnis. Doch nie war sie so sicher gewesen wie in diesem Moment. Sie schloss die Augen und öffnete ihre Lippen. Schwindel überkam sie, als sich sein heißer Atem mit ihrem vermischte, und ihre Gedanken verflogen. Zögerlich und sanft strichen seine Lippen über ihre und sie wusste, sie war nie so verloren gewesen wie in diesem Moment. Sie war ihm verfallen, vollkommen und unwiderruflich.

Mehr. Sie wollte *mehr.*

Ihre Hände ertasteten seine muskulöse Brust und seine breiten Schultern, bis sie seinen Nacken fand. Sie schmiegte sich enger an ihn, während sie ihren Kopf weiter in den Nacken legte. Ihre Lippen öffneten sich, hingebungsvoll und hungrig, und er kam ihrer stillen Forderung nach.

Mit der Berührung stieg ein Verlangen in ihr auf, das sie am ganzen Leib erzittern ließ. Mit der Zunge strich sie über seine Unterlippe und entlockte ihm ein Geräusch, das durch ihren ganzen Körper bebte. Er packte sie an der Hüfte und zog sie enger an seinen Körper, während er ihr mit seiner Zunge begegnete.

Ein Seufzen entglitt ihr, fern und tief, und seine Lippen wurden unter dem Geräusch einnehmender.

Unter ihren Händen konnte sie die Anspannung in seinem Körper spüren, als müsste er sich mit aller Kraft zurückhalten. Doch sie wollte nicht, dass er sich zurückhielt.

Sie drang tiefer mit ihrer Zunge ein und entlockte ihm

damit einen weiteren Laut. Mit einer Hand griff er in ihr volles Haar, während ihre gierig von seiner Brust zu seinen breiten Schultern fuhren, als könnte sie nicht genug bekommen, nicht genug von ihm aufnehmen, nicht genug spüren.

Er packte ihre Oberschenkel und zog sie in einer fließenden Bewegung an sich. Unweigerlich schlang sie ihre Beine um seine Hüfte und umfasste sein Gesicht.

Seine Küsse waren zärtlich und zugleich von drängender Leidenschaft. Sie schmeckte Sehnsucht und Verzweiflung, eine Mischung, die ihr Herz tosend in ihrer Brust schlagen ließ.

Nie mehr. Nie mehr würde sie ihn loslassen.

Vollkommen berauscht, ertastete James ihren Körper und spürte, wie sich ihre weichen Brüste unter dem noch klammen Kleid eng an ihn drückten. In ihrem Inneren stieg Hitze empor, so feurig und süß, dass sie ihre Hüfte noch enger an seinen Körper presste und sich ihr Kleid über den Kopf zog. Am ganzen Leib zitternd, warf sie es zur Seite und genoss dabei das Gefühl seiner Zunge auf ihrem Hals, wie sie ihre salzige Haut kostete und ihre Schlüsselbeine sanft nachfuhr. Ihre Hände gruben sich unter seiner Berührung in sein feuchtes Haar und tasteten sich von dort seinen muskulösen Rücken hinunter.

Voll tiefem Verlangen sank er mit ihr auf den kalten Holzboden, während er mit einer Hand unter ihren Kopf fasste und sich eng auf sie schob. Als sie sein Verlangen spürte, seufzte sie auf und zog seine Hüfte noch näher. Seine Küsse wurden tiefer, ungestümer, von einer Innigkeit und Begierde getrieben, die sie vollkommen vergessen ließ.

Ich bin dein, und du bist mein.

Sie legte ihren Kopf nach hinten, damit er ihren Hals küsste. Ihre Hände vergrub sie in seinen Haaren, während seine Zunge die empfindliche Stelle unter ihrem Kinn nachfuhr. Sie seufzte auf und bog sich ihm stärker entgegen.

»Wie ich das vermisst habe«, flüsterte er rau, während er erneut mit den Lippen über die feine Stelle fuhr, wo ihr Puls in einem rasenden Takt schlug. Sein Atem war heiß an ihrer Haut und seine dunkle Stimme ließ sie erzittern.

Sie wollte ihn spüren. Musste ihn spüren.

Ungeduldig zog sie ihm sein enges Hemd über den Kopf und warf es mit bebender Hand zur Seite. Ihre Finger drückten sich in seinen nackten Oberkörper, während sie das Gefühl der Hitze auf ihrer weichen Haut genoss.

Er entzog sich ihr laut atmend, eine Intensität in den Augen, die sie erzittern ließ. Dann sah er sie an, wie sie nur mit Büstenhalter und Slip vor ihm lag.

Für ihn. Alles nur für ihn.

Noch nie hatte sie sich so schön, so begehrt gefühlt wie in diesem Moment, und sie wusste, sie wollte ihm alles geben. Hier und jetzt.

Sie hielt ihren Blick fest auf ihn gerichtet, als sie leicht ihren zittrigen Oberkörper hob und langsam den

Verschluss ihres Büstenhalters hinter ihrem Rücken löste. Anschließend schob sie einen Träger nach dem anderen von ihren Schultern, ehe sie ihre Brüste offenbarte.

Verlangen blitzte in seinen Augen auf, als er sie in Augenschein nahm, doch er rührte sich nicht.

Ermutigt von ihrer Wirkung auf ihn, ließ sie ihre Hände tiefer wandern und schob langsam ihren Slip an ihren Oberschenkeln hinunter. An ihren Füßen angekommen, zog er ihn von ihren Knöcheln, zögerlich und langsam, sein Blick fest mit ihrem verhakt.

Sie beugte sich zu ihm und küsste ihn, drückte bewusst ihre nackten Brüste an seinen freien Oberkörper und machte sich an seinem Hosenbund zu schaffen. Sein ganzer Körper spannte sich unter ihrer Berührung an und seine Atmung wurde schwerer. Noch ehe sie den Reißverschluss öffnen konnte, umgriff er mit beiden Händen ihr Gesicht und drückte sie zurück auf den Holzboden.

Sein schwerer Körper legte sich auf ihren, während seine Lippen zärtlich über ihren Mund fuhren. Seine Bewegungen waren mit einem Mal ruhig, bedächtig, als würde er jeden einzelnen Moment mit ihr, jede einzelne Berührung vollends auskosten.

Seine Finger fuhren an ihrer Seite hinab, berührten kaum merklich die Rundung ihrer Brüste und wanderten anschließend tiefer. An ihrer Bauchmitte angekommen, kreisten sie um ihren Bauchnabel, was sie seufzen und ihre Schenkel zusammenpressen ließ.

Ihre Reaktion ließ ihn erschaudern, und er musste einen Moment innehalten, um nicht den Verstand zu verlieren.

Als sie sich ungeduldig unter ihm wand, wanderte er mit seinem feuchten Mund hinunter zu ihren Brüsten, liebkoste sie und wartete genüsslich, bis sich ihr Körper ihm unter seiner Berührung vollends entgegenbog.

»James«, hauchte sie, als sie von einer rauschenden Welle erfasst wurde.

Seine Zähne schlossen sich noch einmal um ihre Brust, was ihr ein Keuchen entlockte, ehe er mit seiner Zunge weiter hinab zu ihrem Bauchnabel wanderte. Seine Hände umfassten ihre Hüfte, ihre Schenkel, während er immer tiefer wanderte.

Mehr. Mehr. Mehr.

Ein Brennen zwischen ihren Schenkeln, so schwindelerregend und süß, nahm ihr alle Sinne, und sie keuchte auf, als er sie fand. Vollkommen berauscht wand sie sich unter ihm und genoss jede Berührung, jeden Kuss, jedes Seufzen, das sie ihm entlockte. Als sie am ganzen Leib zitterte, schaute er zu ihr auf, die dunklen Augen so voller Verlangen, dass es ihr den Atem nahm.

In einer fließenden Bewegung streifte er sich die restlichen Kleider ab und schob sich erneut auf sie, sein harter Körper schwer gegen ihren. Ihre Lippen suchten seine, und als sie ihn spürte, fest und verlangend an ihr, war es wie ein Rausch, der durch ihren Körper strömte, ein wundervoller, köstlicher Rausch. Innig pressten sie die Lippen aufeinander, während sich seine Finger immer stärker in ihren Rücken gruben und er langsam in sie eindrang.

Ein Keuchen entglitt ihr, sein heißer Atem unter ihrer Enge ging stoßweise an ihrem Hals. Er wartete kurz, bis sie sich an ihn gewöhnt hatte, und drang mit einer letzten Bewegung vollends in sie ein. Seine Hände fanden ihre, zittrig und am ganzen Körper bebend. Sachte schob er sie über ihren Kopf und verschränkte sie mit seinen, als er schließlich begann, sich langsam in ihr zu bewegen.

Ihr Körper bog sich ihm unter der Bewegung entgegen, unersättlich von dem Gefühl, ihn in sich zu spüren. Sie löste ihre Hände aus seinen und vergrub sie gierig in seinen Haaren, seinen Schultern, seinem Rücken. Seine Muskeln gaben nach und entlockten ihm ein Zucken und Stöhnen. Berauscht hob sie ihre Hüfte an und schob sich ihm stärker entgegen, damit sie ihn tiefer in sich aufnehmen konnte.

»Emma«, keuchte er warnend, während er sich zittrig auf seinen Ellenbogen abstützte.

Ihr Name aus seinem Mund war ein Gelöbnis, ein Gebet, ein Versprechen. Fasziniert von seiner Reaktion schlang sie ihre Beine eng um seine Hüfte und schob sich ihm stärker entgegen. Sein erneutes Stöhnen erstickte sie mit ihren Lippen.

Sein Mund war heiß und feucht, drängend und klagend, während er immer fordernder und fester in sie stieß. Jeder Kuss und jeder Stoß war eine Liebeserklärung an sie. Er gab ihr alles, was er war; sie alles, was sie war. Es gab kein Warten mehr, keine Zweifel. Er war hier, sie war hier. Wie es immer war und immer hatte sein sollen.

Seine Bewegungen wurden schneller, drängender, und sie spürte, wie tief aus ihrem Inneren ein Kribbeln erklomm. Er schob die Hände in ihren Nacken, während er sie näher zu sich hob.

»Emma«, hauchte er an ihren Lippen, als wüsste er, wie sie darauf reagierte.

Emma.

Emma.

Emma.

Schwindel überkam sie, ein Rausch, so bebend und süß, dass sie sich verengte. Er stöhnte erneut auf, eine Klage, Qual, Begierde darin, sodass sie unter ihm explodierte. Sein Mund erstickte ihre süßen Laute und ein Schauer bebte durch ihren Körper. Er stieß noch einmal, zweimal, dreimal in sie, begierig, sehnsüchtig und ungehemmt, ehe er mit ihrem Namen auf den Lippen erzitterte und sein Körper schwer über ihr zur Ruhe kam.

Sein Atem ging laut und stoßweise, als er seinen Kopf in ihre Halsbeuge legte. Ihre Beine noch immer um ihn geschlungen, legte sie die Arme um ihn und hielt ihn fest. Der Boden war kühl und hart unter ihrem Körper, doch sie wagte es nicht, sich zu bewegen.

Die Nacht war inzwischen vollends über sie hereingebrochen und bis auf die schwach leuchtende Kerze war es nur der Mond, der sanft durch die verstaubten Fenster schien.

Ohne sie aus den Armen zu lassen, rollte er sich auf den Rücken und zog sie mit sich. Ihre Haare fielen zur Seite und sie legte den Kopf auf seiner Brust ab. Sein Herzschlag war fest und laut, und sie glaubte, nie einen schöneren Klang gehört zu haben.

Sanft strich er durch ihr Haar, während er sie mit der anderen Hand festhielt. »Du bist alles für mich, Emma«, flüsterte er mit rauer Stimme. »Meine Hoffnung, mein Glaube, meine Liebe, und ich wüsste nicht, wie ich auch nur noch einen einzigen Tag ohne dich leben sollte.«

Seine Brust bebte unter ihrem Kopf, während er die Worte sprach. Sie wandte sich ihm zu, das Kinn auf seiner Brust abgelegt.

Sie dachte an die Briefe, an all die wundervollen Worte, und wusste, die Entscheidung war ihr längst genommen worden. Von dem Moment an, als James vor ihrer Veranda erschienen war und sie mit den Augen angesehen hatte, in denen sie noch immer glaubte, die Welt zu sehen.

»Ich würde dich immer wählen«, hauchte sie und sah ihm dabei fest in die Augen. »Heute. Morgen. An jedem einzelnen Tag für den Rest meines Lebens.«

Bei ihren Worten strich er sanft einzelne Haarsträhnen aus ihrer Stirn. Sein Blick ruhte ernst auf ihrem Gesicht und ließ ein warmes Gefühl in ihrer Brust zurück.

Inmitten der flammenden Stille streichelte er über

ihren Rücken und hinterließ an jeder Stelle Gänsehaut. Während er sie neugierig beobachtete, fuhr sie vorsichtig die kreisförmige Narbe an seiner Schulter nach, die blass auf seiner gebräunten Haut schimmerte und ihn unwiderruflich an vergangene Zeiten erinnerte. Sanft streichelte sie darüber, als könnte sie ihm so die Wunde nehmen und alles ungeschehen machen.

Nach einer Weile schob sie sich neben ihn und wanderte weiter an seinem Bauch hinunter, fuhr mit ihrem Zeigefinger über die Hügel seiner Muskeln und beobachtete ausführlich, wie sie sich unter seinem stetigen Atem langsam hoben und senkten. Bei dem Anblick seines Körpers stieg erneut unweigerlich Hitze in ihr empor, die ihr einen verführerischen Schwindel in den Kopf trieb, doch sie ermahnte sich. Langsam fuhr sie hinunter an seinen Hüftknochen und verharrte auf der hellen Narbe dicht daneben. Während sie sanft darüber streichelte, legte sie ihren Kopf auf seine verschwitzte Brust und genoss das Gefühl seiner Hand an ihrer Hüfte.

»Was tun wir eigentlich hier?«, fragte sie mit einem Mal vergnügt, während sie die abgedeckten Möbel und zugezogenen Vorhänge betrachtete. »Wir haben nicht einmal Strom oder Wasser.«

»Für das, was wir tun, brauchen wir weder Strom noch Wasser«, raunte er mit seiner tiefen Stimme.

Als sie seinen verschwörerischen Blick sah, legte sie ihren Kopf in den Nacken und lachte laut auf. »Nein, da stimme ich Ihnen vollkommen zu, Mr. Harrington.«

Sie schob sich erneut auf ihn und legte ihr Kinn sanft auf seiner Brust ab. Sein zerzauster Anblick ließ sie zufrieden lächeln.

»Ich brauche nur dich«, flüsterte sie. »Genau so. Jeden Tag.«

Er neigte seinen Kopf und seine Augen funkelten. »Zu Ihren Diensten, Ma'am.«

Sie lachte auf und sah, wie er sie genüsslich beobachtete. »Das meine ich nicht«, sagte sie und schlug ihm sanft auf die Brust. »Wobei es nichts ist, was wir gleich verwerfen sollten.« Ein Lächeln legte sich auf ihre Lippen, als sie die Herausforderung in seinen Augen sah. »Ich meine uns. Das hier. Ich glaube, ich werde nie genug davon bekommen.«

Als Antwort strich er ihr mit einer Hand sanft die Strähnen aus dem Gesicht und gab ihr einen Kuss. Seine Lippen waren weich und sanft, und ihre Gedanken verflogen. Sie schmiegten sich aneinander, als wäre es das Einzige, wozu sie berufen waren. Als hätte es nie etwas anderes gegeben, das sie hätten tun sollen.

Seine Hand fuhr an ihrem Oberarm hinauf zu ihrer Schulter und versank anschließend in ihren goldenen Haaren. Ihre Blicke fanden sich erneut, und während sie einander stillschweigend ansahen, überkam ihn erneut die Gewissheit, dass er noch nie eine Frau so sehr geliebt hatte wie sie. Und der Gedanke, dass sie einem Mann versprochen war, einem anderen als ihm, ließ einen Schmerz in seiner Brust aufziehen, so unnachgiebig und stark, dass er ihn kaum ertrug. Doch er schwieg, aus Angst, er würde den Moment zerstören. Aus Furcht, die unwirkliche Welt, in der sie sich befanden, würde sich über ihren Köpfen wie feiner Sternenstaub auflösen und für immer im Nichts verschwinden.

»Das vorhin tut mir leid«, flüsterte er anstelle all dieser Dinge, eine Sehnsucht in den Augen, bei der ihr Herz stolperte.

»Mir auch«, hauchte sie und schaute ihn aufrichtig an. »Auch das Abendessen gestern. Die Dinge, die ich dir an den Kopf geworfen habe …« Sie schüttelte den Kopf. »Das war nicht richtig von mir.«

»Doch«, wandte er stirnrunzelnd ein, während er mit seinem Daumen zärtlich über ihre Stirn strich. »Das stand dir zu.«

»Nein, tat es nicht«, murmelte sie. »Ich war so egoistisch. Ich weiß nicht, ob ich so stark wie du gewesen wäre.«

»Du hättest dasselbe getan, da bin ich mir sicher.«

Sie schwieg, während sie über seine Worte nachdachte. »Ich weiß nicht, was alles dort draußen geschehen ist, ich will es auch gar nicht wissen …«, murmelte sie schließlich, während sie ihn musterte. »Aber ich weiß, dass es manchmal Dinge im Leben gibt, die wichtiger sind als das, was man selbst will. Es muss schwer gewesen sein, sich dagegen zu entscheiden, und ich wollte es dir nicht noch schwerer machen.«

Er schwieg, während seine Hand langsam von ihrem Rücken zu ihrem Arm fuhr und er sie beobachtete.

»Und es tut mir leid«, hauchte sie, die Augen mit

einem Mal feucht. »Es tut mir so unendlich leid, dass du all die Zeit keine Nachricht von mir erhalten hast.«

Er neigte seinen Kopf und gab ihr einen Kuss auf die Stirn. Unter der Berührung schloss sie die Augen und atmete tief aus. »Es gibt keinen Grund, dich zu entschuldigen. Es war nicht deine Schuld.«

»Trotzdem«, flüsterte sie und wandte den Blick ab. »Ich darf mir gar nicht vorstellen, wie allein du dich gefühlt haben musst. Es muss schrecklich gewesen sein.«

Er fasste an ihr Kinn, damit sie ihm erneut in die Augen sah. »Dennoch bin ich heute hier. Genauso wie du. Und das ist das Einzige, das zählt.«

Sie schwieg und dachte an die letzten Jahre zurück. Wie sehr sie sich gewünscht hatte, auch nur ein einziges Mal eine Nachricht von ihm zu erhalten. Nur ein einziges Mal. Sie fragte sich, was es geändert hätte, und erkannte erneut, dass ihr Leben vermutlich völlig anders wäre.

Sie spürte, wie seine Finger sacht durch ihr Haar fuhren, und genoss das kribbelige Gefühl, das er auf ihrer Kopfhaut hinterließ.

»Diese Mädchen«, murmelte Emma sodann vorsichtig und schaute befangen zu ihm auf. »Von denen du in deinem Brief geschrieben hast … Wie alt waren sie?«

Sie sah, wie er den Blick bei ihrer Frage senkte und darüber nachdachte.

»Ich weiß es nicht«, flüsterte er schließlich und zog leicht seine Augenbrauen hoch. »Vierzehn, vielleicht fünfzehn. Auf jeden Fall zu jung.«

Sie schwiegen eine Weile, während sie ihren eigenen Gedanken nachhingen, ehe James mit einem Mal sagte: »An dem Abend vor meiner Abreise habe ich mich ständig gefragt, was gewesen wäre, wenn du es gewesen wärst.« Er blickte zu ihr und fuhr mit seinem Daumen sanft über ihre gerötete Wange. Erneut stellte er fest, wie schön sie in dem Licht aussah.

»Der Gedanke selbst war erschreckend genug, schließlich sollte es keinen Unterschied machen, oder?« Er hob die Augenbrauen, doch schien keine Antwort zu erwarten. »Ich habe mich gefragt, was ich mir wünschen würde, wenn du dort stehen würdest, hilflos zwischen all den Menschen.« Er schaute hinab und blickte konzentriert vor sich. »Und ich hätte gewollt, dass jeder, egal wer, sich schützend vor dich stellt und alles tut, damit dir nichts geschieht.« Er hielt kurz inne und blickte sie mit gerunzelter Stirn an. »Aber ich kann es nicht von anderen erwarten, wenn ich es selbst nicht tue.«

Sie schwieg und dachte in Ruhe über seine Worte nach, während seine tiefe Stimme in ihrem Körper nachbebte. Dann beugte sie sich zu ihm und gab ihm einen zärtlichen Kuss. Liebevoll fasste er in ihr Haar und fuhr ein paar Strähnen nach.

»Kannst du mir eins versprechen?«, flüsterte er und schaute sie inständig an.

Gebannt von der ungewohnten Schwere in seinen Augen, nickte sie, noch bevor sie wusste, was er verlangen würde.

»Lass uns bitte nie mehr über sie reden.«

Als Antwort schob sie sich erneut auf ihn und fing an, ihn mit ihren Lippen zu verwöhnen, und während der hell leuchtende Mond durch die staubigen Fenster brach, liebten sie sich erneut und taten es auch dann noch, als die nächtliche Schwärze bereits verblasste. Sie liebten und streichelten sich die ganze Nacht, während sie einander ihre Sehnsucht zuflüsterten und aus ihren Leben erzählten. Sie lachten und schmunzelten, fühlten sich so ausgelassen wie noch nie, und wünschten sich, die Nacht würde nie vergehen.

In ihrem ganzen Leben hatte sie sich nie so gefühlt, so unermesslich geliebt und verehrt, und sie wollte nicht, dass es jemals endete. Nach solch einer langen Zeit fühlte es sich endlich wieder an, als wäre das Universum im Einklang mit ihnen, als hätte es seine Fehler eingestanden und sie mit einem noch stärkeren Band zusammengefügt, und sie hoffte sehnlichst, es würde niemals reißen.

***

Als die Sonne allmählich den Horizont erklomm und sanft den harten Holzboden erhellte, huschten sie erneut in ihre Kleider. In der leichten Morgenluft liefen sie eng aneinandergeschmiegt den Weg hinüber zu ihrem Haus und nahmen gemeinsam ein langes Bad.

Nach einem schnellen Frühstück schnappten sie ihre Fahrräder, um den Tag im Schatten einer Eiche im

Forsyth Park zu verbringen. Sie erzählten und lachten, erholten sich von der nahezu schlaflosen Nacht und flüsterten einander ihre Liebe zu.

Gegen Nachmittag fuhren sie zu *Leopold's Ice Cream*. Wie früher lehnten sie die Räder an den goldbraunen Baum und nahmen den Tisch abseits im Schatten. Sie schmierte ihm ihr Eis ins Gesicht – die Rache nach all den Jahren. Wie damals erklang sein raues, kehliges Lachen und sie warf den Kopf in den Nacken, als er ihr Gesicht an seines zog.

Die letzten Stunden ihres Tages verbrachten sie auf Tybee Island. Sie spazierten Hand in Hand in Richtung des Leuchtturms und beobachteten die Vögel, die den milden Herbst und Winter hier verbrachten. Sie zogen ihre Schuhe aus und liefen barfuß den Strand entlang. Das Gefühl war berauschend und sie musste immer wieder zu ihm aufsehen, um sich zu vergewissern, dass es James war, mit dem sie hier entlanglief. Dass es James war, der dicht an ihrer Seite war, einen Arm um sie gelegt, und mit seinem schwindelerregenden Lachen ihr Herz erfüllte.

Als die Sonne sich wieder ihren Weg hinabbahnte, radelten sie heim und fielen gleich hinter der Haustür übereinander her. Er zog sie an sich, eine Hand in ihren Haaren vergraben, und küsste sie mit einer Leidenschaft, die ihre Knie weich werden ließ. Während sie sich ungeduldig an seinem Körper hinaufzog, schob er ihr mit hektischen Bewegungen das Kleid über die Hüfte und trug sie ins Schlafzimmer.

Als das Knurren ihres Magens sie ihrem Treiben entzog, schlüpfte sie in ein weites Hemd von ihm und sog dabei seinen Geruch tief ein. Als sie zu ihm aufblickte, sah sie, dass er sie mit einem Lächeln anschaute, das nur ihr galt, und sie fragte sich, wie sie es all die Jahre ohne aushalten konnte.

Nachdem sie gemeinsam gekocht und zu Abend gegessen hatten, schenkten sie sich Wein ein, den sie im Laufe des Tages besorgt hatten, und setzten sich hinaus auf die rauen Holzbalken der Veranda. Während sie die friedliche Stille genossen, schmiegte sie sich eng an seine Brust und genoss das Gefühl seiner Hand, die langsam an ihrem Arm hinauf zu ihrer Schläfe fuhr. Unter ihrem Kopf vernahm sie das stetige Pochen seines Herzens, das Heben und Senken seiner Brust, und spürte, wie ihres im Einklang schlug. Es schlug so ruhig, so sanft und gemächlich, dass sie dachte, die Zeit, die sie ihr Leben lang so flüchtig umgab, stünde mit einem Mal still.

»Lies mir deine Briefe vor, Em«, hauchte James sodann in einem Ton, so sanft wie die laue Abendbrise, und lehnte seinen Kopf zurück.

»Meine Briefe?«, fragte sie.

»Ja. Ich weiß, dass du sie hier hast, und ich würde sie gern hören.«

Nachdenklich fuhr sie noch einen Moment über seine Hand, ehe sie aufstand und hineinlief. Sie nahm den Karton mit all ihren Briefen auf den Arm und begab sich erneut nach draußen. Dort ließ sie ihn neben sich auf den Boden sinken und kuschelte sich anschließend eng an James' warme Brust. Tief in Gedanken treibend, blätterte sie in Ruhe durch die vergilbten Briefe und nahm den ersten hervor.

Mit ihrem Finger fuhr sie zögerlich über ihre zarte Handschrift, die inzwischen zu einem Schatten verblasst war, ehe sie den Umschlag öffnete und zaghaft das Papier herauszog. Vorsichtig entfaltete sie es und ließ anschließend ihren Blick schweigend über die Zeilen schweifen, ehe sie tief Luft holte und mit sanfter Stimme zu lesen begann.

Lieber James,

es ist schon spät und die Sonne weit hinter den Bergen verschwunden, und doch sitze ich hier draußen im nächtlichen Schein der Sterne und kann nicht schlafen. Ich frage mich, warum ich dir schon wieder schreibe, sage mir, es muss ein Ende nehmen, und doch habe ich nicht die Kraft dazu.

Ich sehe, wie die Jahre verstreichen, eins nach dem anderen, und spüre, wie ich in einer Zeit stecken geblieben bin, die gar nicht mehr ist. Ich frage mich, wo ich bin, suche nach dem, was einmal war, und scheine irgendwo dazwischen verloren zu sein.

Ich weiß, dass die Vernunft gegen mich steht, die Regeln der Welt. Ich spüre, wie sie von Tag zu Tag stärker werden, lauter, in dem Versuch, sich Gehör zu verschaffen. Doch was selbst die Vernunft, nicht einmal die Regeln der Welt in der Lage sind zu sehen, ist dieses Gefühl in meinem Herzen, ganz tief in mir drin, unerschütterlich und beständig wie am ersten Tag, das mir die

Gewissheit, die Sicherheit, das Versprechen gibt, dass deine Seele noch immer nicht gegangen ist. Dass du noch immer unter den meinen weilst, umherwanderst, als seist du auf der Suche nach dem Weg zurück, dem Weg zurück zu mir. Und manchmal, da schließe ich die Augen und versinke in diesem Gefühl. Lasse mich von ihm tragen, führen, in dem Glauben, du fühlst es auch. In der Hoffnung, es weist dir den Weg zurück zu mir. Wie könnte ich also, sollte ich also jemals dazu in der Lage sein, mich jener Vernunft in meinem Kopf zu beugen?

Und so halte ich daran fest, jetzt und morgen und jedes noch kommende Jahr. Ich halte so lange daran fest, bis du den Weg zu mir zurückgefunden hast, und wenn der Tag kommen sollte, an dem das Gefühl versiegt, die Gewissheit, die Sicherheit, das Versprechen, dass es dich noch gibt, dann werde ich mit einem Lächeln auf den Lippen an der Erinnerung an dieses Gefühl in meinem Herzen festhalten, denn dann weiß ich, es war wahr.

In Liebe,
deine Emma

Sie warf noch einmal einen Blick auf die letzten Zeilen, ehe sie den Brief zurück in den Umschlag schob und ihn beiseitelegte. James schwieg, während sie lediglich den Hauch seines stillen Atems in ihrem Nacken vernahm. Sie konnte es zwar nicht sehen, doch sie wusste, dass sein Blick auf ihr ruhte, wie immer, wenn sie ihm vorlas.

Mit einer lang herbeigesehnten Ruhe im Herzen nahm sie den nächsten Brief hervor und wendete ihn noch einmal gedankenverloren in ihrer Hand, ehe sie sacht das Papier herauszog. Sie sah, dass es nur wenige Zeilen waren, die sie geschrieben hatte. Bevor sie die Worte laut vorlas, ließ sie wie bei dem Brief zuvor ihren Blick über die Zeilen wandern und spürte kaum, wie sich ihre Augenbrauen dabei immer stärker zusammenzogen.

Sie schaute noch einmal hinaus in die Ferne suchte eine Antwort auf die Frage ihres Lebens, ehe sie sich wieder dem Brief zuwandte, dem Brief ihrer Sehnsucht, und mit schwacher Stimme zu lesen begann.

In diesen Tagen, Monaten, Jahren voll Angst und Hoff-
nung, dieser Zeit voll Sehnsucht und Glaube,
da höre ich mein Herz, wie es flüstert, wie es pocht,
in einem Rhythmus, den meine Vernunft nicht kennt.
Und immer wieder lese ich die Zeilen, lese die
Zeilen Poe's, bis ich sie nachts in meinen Träumen höre:
Manchmal erschreckt mich mein Herz; wegen seines
unersättlichen Hungers nach dem, was auch immer es ist,
das es will; die Art, wie es stillsteht und schlägt.
Ich höre es so oft, bis ich glaube, dass es ist.
Dass es hungert und zehrt nach etwas, das nicht ist.
So fürchte ich, fürchte es so schlimm,
schlägt mein Herz nicht mehr im Takt des meinen.
Es schlägt und pocht im Takt des deinen.
Doch schlägt es noch?
Pocht es noch, das deine?

Während ihre Stimme einsam in der Ferne verklang, las sie in Gedanken noch einmal ihre Worte, ihre vor langer Zeit geschriebenen, so wahren Worte, und lauschte sehnsuchtsvoll dem sanften Flüstern ihres Herzens.

Und während die Nacht über ihren Köpfen immer klarer wurde, las sie ihm nach und nach all ihre vor langer Zeit liebevoll verfassten Briefe vor, bis sie glaubten, dass die Zeit, in der sie sich befanden, weit entfernt in der Vergangenheit lag, und dass ihre Träume, die sie seit jeher hegten, nun endlich in Erfüllung gegangen waren.

Doch was sie zu diesem Zeitpunkt nicht ahnten, war, dass diese Nacht zu einer ihrer längsten Nächte werden sollte, und dass das Märchen, das sie seit wenigen Tagen umgab, bald ein Ende fand.

Denn auf einmal, während die zarten Worte ihrer Sehnsucht ihrer beiden Herzen erfüllten, durchstieß das schrille Klingeln ihres Telefons die friedliche, ferne Stille.

Mit angehaltenem Atem wandte sie sich zu James um und starrte ihn an. Sie wartete noch ein zweites und ein drittes Mal, während das schrille Klingeln zittrig in ihrem Körper nachbebte. Dann erhob sie sich mit bangem Herzen und lief hinein.

Noch bevor sie den Hörer abgenommen hatte, wusste sie, dass es Richard war.

»Ja?«, hörte sie sich mit fremder Stimme fragen, das Herz laut pochend in ihren Ohren.

Und dann war es nur ein Wort, das er sagte, ein einzelnes Wort, doch es genügte, um eine ganze Welt zu erschüttern.

»Harry.«

15

Harry.

Das Wort hallte immer wieder in ihrem Kopf nach, während sie schweigend im Auto saßen und nach St. Marys fuhren. Die ganze Fahrt über schwiegen sie, während lediglich die dumpfen Geräusche des Motors die abendliche Stille durchbrachen und in ihren Köpfen nichts als Leere herrschte. Ohne sich zu rühren, schauten sie hinaus auf die endlose Straße, wie sie dunkel und verlassen im grellen Licht der Scheinwerfer vor ihnen lag, und versuchten angestrengt, ihre Sorgen hinfortzutreiben. Jede Meile, die sie in der abendlichen Dunkelheit zurücklegten, schien endlos, und James' Hand auf ihrer war das Einzige, das sie davon abhielt, in einem Strudel aus Sorge und Schuld zu versinken.

Als sie die Pflastersteine zu dem Krankenhaus hinauffuhren, sah sie Richard bereits aus der Ferne am Eingang auf sie warten. Mit den Händen in den Hosentaschen lief er langsam auf und ab und sah bei dem Licht ihrer Scheinwerfer auf. Wie immer trug er ein weißes Hemd mit einem grauen Rollkragenpullover, die dunkelblonden Haare ordentlich zur Seite gekämmt. Ihre Brust zog sich bei seinem vertrauten Anblick einen Moment zusammen.

Sie stieg aus dem Auto und eilte mit schnellen Schritten auf ihn zu. Tränen der Besorgnis traten in ihre Augen, und als er sie sah, schloss er sie in die Arme und drückte sie fest an sich.

»Es geht ihm schon besser«, hörte sie ihn dicht an ihrem Haar sagen. »Es gibt keinen Grund zur Sorge.«

Es dauerte einen Moment, bis seine Worte zu ihr durchdrangen und sie sich von ihm löste. Sein Blick ruhte besorgt auf ihrem Gesicht und sie erkannte, dass auch Angst darin mitschwang. Angst und Ungläubigkeit, und sie wusste, dass es nicht nur an Harry, sondern auch an dem Mann lag, der nun an ihre Seite trat.

Ihre Augen begannen zu schimmern, als James und Richard einander einen Moment ohne jegliche Regung ansahen. Sie sahen einander an, ohne das geringste Wort zu verlieren, während sie in ihrem Herzen verzweifelt nach welchen suchte. Doch noch ehe sie etwas hervorbringen konnte, reichte Richard James die Hand, gewissenhaft und fest, und sie erkannte, dass es keine Worte benötigte, um zu erklären, wer er war.

Sein Blick fand erneut den ihren, ein Ausdruck darin, den sie nicht deuten konnte. Dann rieb er sich mit der Hand über den Mund und wies auf die Eingangstür hinter sich. »Ich bringe euch zu ihm.«

Sie nickten dankbar und folgten ihm ins Krankenhaus. Vor der Zimmertür fing Emma eine Schwester ab und ließ sich Harrys Zustand ein weiteres Mal bestätigen. Sie legte ihr beruhigend eine Hand auf den Arm, doch Emma hatte Mühe, sich auf ihre Worte zu konzentrieren.

»Mr. Patterson geht es so weit gut. Er hat einen starken Herzinfarkt erlitten, aber die Ärzte konnten ihn stabilisieren. Er braucht Ruhe und wird noch ein paar Tage hierbleiben müssen.«

Sie nickte, unfähig, etwas zu sagen, und wandte sich sogleich zur Tür.

Die Jalousien waren zugezogen und bis auf einen Schrank und einen kleinen Tisch füllte nur das Bett den Raum. Inmitten all der Schläuche und Geräte wirkte Harry zerbrechlich und dünn. Ihre Brust verkrampfte sich bei seinem Anblick und ließ sie neben ihn auf das Bett sinken. Sie legte eine Hand auf seine, darauf achtend, dass sie die Schläuche nicht verschob, und beobachtete, wie er schlief.

Sie spürte, wie jemand ihr die Hand auf die Schulter legte, und erkannte, dass es James war. Zittrig legte sie ihre eigene darauf, während sie Harrys Brust beobachtete, die sich schwer hob und senkte.

Kaum nahm sie wahr, wie sie ihren Atem anhielt, nur um seinem zu lauschen.

***

Erst als ihre Augen vor Müdigkeit nahezu zufielen und das stetige Piepen des Herzmonitors in einem beruhigenden Takt in ihr widerhallte, wagte sie es, sich von Harry abzuwenden.

Ihr Blick fiel zuerst auf James, der rechts hinter ihr auf dem Stuhl saß, die Ellbogen auf den Knien abgestützt und den Kopf in den Händen. Bei ihrer Bewegung blickte er auf, wie früher, um sich zu vergewissern, ob alles in Ordnung war. Sie blinzelte als Zeichen, dass sie okay war, und er nickte.

Dann wandte sie sich um und sah Richard mit den Händen in den Hosentaschen an der Zimmertür stehen, der sie mit ausdrucksloser Miene beobachtete. Ohne sich zu rühren, sahen sie einander an, und sie musste nur seinen Gesichtsausdruck sehen, um zu erkennen, dass der Moment gekommen war, vor dem sie sich die ganze Zeit gefürchtet hatte.

Sie erhob sich mit gesenktem Blick und sagte an James gewandt: »Ich bin gleich wieder da.«

Sie lief zur Tür, die Richard bereits für sie aufhielt. Das Licht im Gang wirkte mit einem Mal unnatürlich grell, und ehe sie sich versah, war sie mit ihm allein.

Er wandte ihr den Rücken zu und entfernte sich ein paar Schritte von ihr. Unsicher beobachtete sie ihn und rieb sich dabei mit einer Hand über den Arm.

»Danke, dass du dich um ihn gekümmert hast«, sagte sie leise und hoffte, die Anspannung zwischen ihnen zu lösen.

In ihrem Kopf kreisten die Erinnerungen an all die Gespräche, die sie über James geführt hatten, und sie schämte sich, ihm so lange seine Rückkehr verschwiegen zu haben. Sie wusste, das hatte er nicht verdient, und bedauerte zutiefst die Art und Weise, auf die er von alledem hatte erfahren müssen.

Den Blick noch immer abgewandt, fuhr er über seinen unrasierten Dreitagebart. »Natürlich«, sagte er, ehe er wieder in Schweigen verfiel und sie mit ihren Gedanken allein ließ. Sie verschränkte ihre Arme hinter dem Rücken, unschlüssig, was sie sagen sollte.

»Seit wann ist er hier?«, hörte sie ihn auf einmal fragen.

»Seit drei Tagen«, antwortete sie leise.

Er nickte und entfernte sich weiter.

»Richard, ich ...«, fing sie sodann an, beengt von der drückenden Stille zwischen ihnen, doch sie sah, wie er abweisend die Hand hob, und verstummte wieder.

»Du brauchst nichts zu sagen«, stellte er fest, die Stimme rau, und wandte sich zu ihr um. »Ich habe alles gesehen.«

Sie wusste, dass es stimmte. Sie sah es ihm an, in seinen Augen. Dass er von allem wusste, was in den letzten Tagen zwischen James und ihr geschehen war.

Sie wusste nicht, was sie darauf sagen sollte, wusste nicht, wie sie es erklären sollte, und beschloss deshalb zu schweigen. In ihrem Kopf herrschte Leere, eine unüberwindbare, erdrückende Leere, der sie nicht entkommen konnte.

»Sag etwas«, flüsterte sie und lauschte mit angehaltenem Atem auf seine Antwort.

»Ich weiß nicht, was ich sagen soll«, gestand er und

fuhr sich angestrengt durch das Haar. Dann schwieg er erneut, für sie eine unendliche Ewigkeit, während er die Arme vor der Brust verschränkte und zur Seite sah.

»Ich weiß nicht einmal, ob ich auf dich wütend sein kann«, hörte sie seine gedämpfte Stimme. Müde rieb er sich über das Gesicht. »Dabei sollte ich es.« Als sie schwieg, schaute er zu ihr, die Augen schwer. »Ich habe gesehen, wie du ihn ansiehst.«

Sie spürte, wie ihr bei seinen Worten die Hitze in die Wangen stieg, doch schaffte es nicht, ihm ihren Blick zu entziehen.

»Ich habe es in deinen Augen gesehen. Habe gleich gesehen, dass du ihn noch liebst.«

Sie hörte seiner Stimme an, wie schwer es ihm fiel, die Worte auszusprechen, und als sein Blick eine Weile auf ihrem Gesicht ruhte, als hoffte er, sie versicherte ihm das Gegenteil, schwieg sie, aus Angst, ihre Stimme würde sie verraten.

»Und nach all dem, was du mir über ihn erzählt hast«, setzte er fort, als er erkannte, dass sie nichts sagen würde, »war abzusehen, dass es geschieht, falls er jemals wieder auftaucht.«

Er hielt kurz inne und schüttelte leicht den Kopf. »Trotzdem habe ich dich gefragt, ob du meine Frau werden willst. Vielleicht, weil ich gehofft habe, dass du es dann doch nicht tust.« Unsicher hob er seine Schultern. »Vielleicht aber auch, weil ich versucht habe, die Tatsachen zu ignorieren, weil ich dich liebe.«

Seine Worte versetzten ihr einen Stich. »Richard, du

weißt, dass ich dich auch liebe«, wandte sie mit schwacher Stimme ein und machte einen Schritt auf ihn zu.

»Aber auch ihn«, entgegnete er und hob müde die Brauen.

Bei seinen Worten blieb sie erneut stehen. Die Brust schwer. »Richard, ich weiß nicht, was in den letzten Tagen geschehen ist«, begann sie mit schwacher Stimme. Sie schüttelte den Kopf und versuchte die Schlinge von ihrem Hals zu lösen, die sich immer stärker zuzog. »Ehrlich gesagt verstehe ich von alledem nichts, was in den letzten Tagen geschehen ist«, fuhr sie fort, die Augen feucht, und dachte an Harry. »An einem Tag sitze ich auf der Veranda, sehne mich nach dem Moment, zu dir nach Hause zu kommen, und auf einmal steht James vor mir.«

Sie hielt kurz inne und sah ihn mit großen Augen an. »James«, sagte sie erneut mit gebrochener Stimme, als könnte sie es selbst nicht glauben. »Und auf einmal ist alles anders. Als wäre die Zeit auf einmal zurückgespult worden.« Sie sah ihn an und schien förmlich durch ihn hindurch zu blicken. »Ich schaue in den Spiegel und sehe wieder mich, Richard. Mich. Ich fühle in mich hinein und weiß auf einmal wieder, wer ich bin.«

Sie bemerkte, wie er ihr aufmerksam zuhörte, und versuchte sich zu fassen. »Und auf einmal sagt er Worte«, brachte sie mit bebender Stimme hervor, während Tränen in ihre Augen stiegen. »Worte, die das sagen, was in all meinen Briefen steht. Und auf einmal bin ich verwirrt, Richard.«

Tränen liefen an ihrem Gesicht hinunter und bei dem Klang seines Namens zog er die Augenbrauen zusammen.

»Ich bin verwirrt und habe Angst, weil ich nicht mehr weiß, was ich will. Ich sehe dich an und weiß, dass ich dich liebe. Ich weiß es, weil ich es spüre.« Sie hielt kurz inne, Aufrichtigkeit und zugleich Verwirrung in den Augen. »Und dann sehe ich James«, setzte sie fort, während sich ihre Stirn in Falten legte, »wie er mich mit seinem schiefen Lächeln anschaut, genau wie früher, und auf einmal weiß ich nichts mehr.« Hilflos schüttelte sie den Kopf. »Ich weiß nichts mehr.«

Als sie mit einem Mal eine unerbittliche Schwere überkam, senkte sie den Blick und schwieg. Während sie versuchte zu verstehen, was geschah, herrschte die längste Stille, die jemals zwischen ihnen geherrscht hatte, und sie fragte sich, ob sie überhaupt wieder in der Lage sein würden, sie zu füllen.

Dann hörte sie auf einmal, wie er sich erneut abwandte, und sah mit feuchten Augen zu ihm auf.

»Ich werde jetzt wieder gehen.«

Bei seinen Worten wollte sie am liebsten zu ihm, wollte ihn in ihre Arme schließen und ihm sagen, wie leid ihr alles tat. Doch stattdessen blieb sie auf der Stelle stehen und konnte nichts anderes tun, als darauf zu warten.

Als er es erkannte, senkte er für einen Moment den Blick und atmete schwer. Dann sah er sie wieder an, eine Mischung aus Schwermut und Sehnsucht in seinem Gesicht. »Komm zu mir zurück, Emma«, hörte sie ihn sagen. »Komm nach Hause.«

Mit angehaltenem Atem sah sie ihn an, und bevor sie etwas darauf hätte antworten können, wandte er sich von ihr ab und verschwand.

Unfähig, sich zu rühren, stand sie da und sah ihm nach. Erst als er mit angespanntem Kreuz und strammen Schritten um die Ecke bog, gehorchten ihre Beine ihr wieder. Wie gebannt folgte sie ihm aus dem Krankenhaus und sah durch verschleierte Augen, wie er in sein Auto stieg und wenige Sekunden später mit einer großen Staubwolke davonfuhr.

Ohne sich zu rühren, sah sie tief in Gedanken zu, wie der aufgewirbelte Sand nach und nach langsam wieder zu Boden rieselte.

»Emma«, hörte sie auf einmal James hinter sich und wandte sich bei dem Klang seiner Stimme erschrocken um.

Sein Gesicht wirkte ernst, wenn nicht gar betroffen, und er blieb mehrere Schritte von ihr entfernt stehen.

»Eine Frage.«

Mit Tränen in den Augen sah sie ihn an, wie er mit den Händen in den Hosentaschen vor ihr stand und sie mit einer Vertrautheit anschaute, bei der sie sich sicher war, dass sie ihm alles Verborgene dieser Welt verraten würde.

»Warum bist du nach Savannah gekommen?«

Seine Stimme war nur ein Hauch, und doch war sie sich vollends der Schwere seiner Worte bewusst. Ohne den Blick von ihm zu wenden, sah sie ihn lange an, während Tränen ihre Augen füllten.

»Um Abschied zu nehmen«, hauchte sie mit schwacher Stimme und zog ihre Augenbrauen zusammen. »Um endlich von dir Abschied zu nehmen.«

16

Am Morgen schwebte feiner Dunst über der Landschaft. Durchzogen von den ersten goldenen Sonnenstrahlen umgab er die hohen Eichen und verwehrte ihr die Sicht auf sein Haus. Tief in den Stuhl der Veranda gesunken, bemerkte Emma einen Vogel, der mit ausgestreckten Flügeln durch die Luft glitt und wenig später in den verblassten Umrissen des Rot-Ahorns verschwand. In der Nacht hatte es abgekühlt, und während sie ihre Strickjacke fester zuzog, beobachtete sie, wie sich der Dunst nach und nach löste und die Blätter des Rot-Ahorns begannen, in einem kräftigen Rot aufzuleuchten.

In ihrem Kopf kreisten die Gedanken um die letzten Tage. Tage, die so voller Hoffnung und zugleich Verwirrung gewesen waren, dass ihre Gefühle in einem Geflecht ihres Verstands gefangen schienen.

Ein Herz in zwei Welten gespalten – die eine voll Helligkeit und Klarheit, die andere voll Dunkelheit und Zwiespalt.

Sie schloss die Augen und atmete tief ein. Der vertraute Geruch von Holz und Zimt stieg ihr in die Nase, und erst, als sich ihr Herz beruhigte, atmete sie aus.

Als sie ihre Augen erneut öffnete, fiel ihr Blick auf die Schreibmaschine vor ihr. Sie betrachtete die noch feuchte Tinte auf dem Blatt, die trüben Metallknöpfe und hellen Tasten. Den Blick fest auf die schwarzen Buchstaben gerichtet, beugte sie sich vor und zog langsam das letzte Blatt aus der Walze. Sie musterte es ausführlich und las noch einmal in Ruhe die letzten Worte, ehe sie es auf den Stapel Blätter zu ihrer Rechten legte und sich die Tränen von der Wange wischte.

Sie sah hinaus auf das eierschalenfarbene Haus, das halb verborgen am Ende des Weges lag, und beobachtete, wie das goldene Licht der Sonne sanft durch die dichten Baumkronen fiel und ein leuchtendes Muster auf die dunklen Dachschindeln warf. So viel Betrübnis dieser Anblick in ihr hervorrief, so viel Erfüllung brachte er ihr, und sie wusste, dass sie nie dieses wohlige Gefühl vergessen würde, das sie an diesem Ort überkam.

Komm zu mir zurück, Emma. Komm nach Hause, erklang erneut eine Stimme in ihrem Inneren.

Ihre Brust zog sich zusammen. Eine Enthüllung ihres Herzens, die sie zu verleugnen versuchte, verleugnen musste, denn sie wusste, es war Zeit.

Sie schob die Schreibmaschine etwas zur Seite und nahm anschließend ein unbeschriebenes Blatt Papier hervor. Ihre Finger schmerzten von den letzten Tagen, die sie hier draußen gesessen und geschrieben hatte, und sie streckte sie ein wenig, ehe sie nach dem Stift griff und auf das elfenbeinfarbene Papier sah. In dem lauen Morgenwind hob und senkte es sich sanft, als wartete es nur darauf, dass Worte es füllten. Sie sah noch einmal hinauf zu dem Haus, dann setzte sie den Stift vorsichtig an und begann, unter dem klaren Himmel einen letzten Brief zu schreiben.

Als sie fertig war, schob sie das Papier sachte in einen Umschlag und lehnte sich in ihrem Stuhl zurück. Der Dunst war vollends verschwunden und die Sonne stand weit oben. Während sie die Blätter der hochgewachsenen Bäume zu ihrer Seite beobachtete, die leicht im Morgenwind tanzten, dachte sie mit einer seltenen Ruhe im Herzen an die letzten Tage zurück und glaubte nun endlich eine Antwort zu haben.

Sie wartete, bis die Sonne die Spuren ihres Herzens getrocknet hatte, ehe sie aufstand und mit dem großen Papierstapel in der Hand hineinlief. Während ihr der vertraute Geruch von Harz in die Nase stieg, wanderte ihr Blick auf das oberste Blatt.

Die Geschichte von Emma und James.

Sie las es ein zweites und auch ein drittes Mal, ehe sie aufschaute und tief ausatmete.

Sie ging in ihr Schlafzimmer, zog den Koffer unter ihrem Bett hervor und begann, ihre Kleider sorgfältig hineinzulegen. Nachdem sie alles eingepackt hatte, trug sie ihn die Treppe hinunter und stellte ihn an der Eingangstür ab. Anschließend ging sie noch einmal in jeden Raum, überprüfte, ob die Fenster geschlossen waren, und zog anschließend die Vorhänge zu. Als sie fertig war, lief sie erneut die Treppe hinunter und sah sich noch einmal in ihrem Haus um.

Sie betrachtete in Ruhe die Küche ihrer Mutter, den schmalen Esstisch und die Kommode aus weiß lackierter Kiefer. Anschließend ließ sie den Blick zu ihrem beigen Ecksofa und den darüber hängenden Gemälden wandern, den Bücherregalen und Fenstern, ehe sie ihn abwandte und mit dem Koffer aus dem Haus trat.

Die Morgenluft streichelte sanft ihre Nase und ließ ihr Herz aufatmen. Mit der Schreibmaschine unter dem Arm und dem Koffer in der Hand lief sie zu ihrem Auto und verstaute alles sorgfältig im Kofferraum. Als sie fertig war, nahm sie den Brief hervor und lief den Weg hinauf zu seinem Haus.

Sie sah zu den hohen Eichen, deren kräftige Ranken sich ineinander wanden und die dunklen Dachschindeln zu großen Teilen bedeckten. Das Moos glänzte nach dem gestrigen Regen in einem leuchtenden Grün, während die Blätter dunkel und schwer in den Rinnen lagen. Sie betrachtete die verstaubten Erkerfenster und hohen Verandabalken, ehe sie einen Fuß auf die Stufen setzte und vor der dunkelgrünen Haustür stehen blieb.

Den Brief noch immer in den Händen, musterte sie den abgesplitterten Lack der Haustür und die feinen Risse im Holz. Dann wandte sie sich ab und trat einen Schritt auf den Briefkasten zu.

Unweigerlich wanderte ihre Aufmerksamkeit zu dem Umschlag in ihren Händen.

An James William Harrington.

Ihre Brust schwoll an, als sie seinen Namen las. Den Namen, den sie so sehr liebte wie das Haus, vor dem sie stand.

Eine Träne lief ihre Wange hinunter, eine Erinnerung und ein Abschied zugleich, während sie die Augen schloss und um Verzeihung bat.

Dann holte sie noch einmal tief Luft, wartete, bis sich der Druck in ihrer Brust gelöst hatte, und schob anschließend mit zittriger Hand den Umschlag in den Briefkasten. Mit dem dumpfen Geräusch, das der Brief hinterließ, schien sich auch etwas in ihr zu lösen, etwas, das lange Zeit verborgen war, und ehe sie es sich anders überlegen konnte, wandte sie sich um und lief erneut die Stufen hinunter.

Sie ging den Weg zurück zu ihrem Auto, und ohne sich noch einmal umzudrehen, öffnete sie die Fahrertür und stieg ein. Unter ihrem Kleid hob und senkte sich ihre Brust, während sie den Schlüssel im Zündschloss drehte und sich darum bemühte, den Blick nach vorn gerichtet zu halten.

Mit lautem Herzen legte sie schließlich den Gang ein und trat auf das Gaspedal. Und während sein Haus in ihrem Rückspiegel immer kleiner und verschwommener wurde, wagte sie einen letzten Blick.

Einen letzten Blick zurück.

Lieber James,

es ist ein milder Novembermorgen wie jener vor so langer Zeit, an dem die Welt zu stehen und sich der Wind zu drehen scheint. Es ist ein Morgen, an dem der Dunst in einem grauen Schleier das Leben verbirgt, an dem die goldroten Lichtstrahlen wie einzelne Hoffnungsschimmer durch die hohen Eichen brechen und die schleierhaften Wolken am Himmel das einzige Versprechen an morgen sind. Es ist ein Morgen, an dem sich Zuversicht und Furcht in einem Wechselsang befinden, an dem die Erinnerung an gestern und der Glaube an morgen die Taktgeber meines Herzens sind und Abschied die einzige Hoffnung auf Wiederkehr ist.

Anders als an jenem Novembermorgen jedoch, bist du nicht hier und flüsterst mir Worte der Sehnsucht zu. Worte, die mir den Glauben geben, dass die Welt und der Wind selbst sich wieder drehen werden. Dass morgen noch einzigartiger als gestern wird und dass das Leben uns eines Tages wieder vereint.

Nun, vier Jahre und unzählige unbeantwortete Briefe später, scheint es an mir, Worte zu finden. Worte, die meine unbändige Liebe und Verbundenheit zu dir ausdrücken. Die sagen, wie schmerzlich und brennend du mir fehlst. Auch verlangt es, Worte zu finden, die Abschied bedeuten. Die den Brief beenden, und damit ein Leben mit dir. Denn nun ist eine Zeit vergangen, die sich anfühlt wie ein Leben. Eine Zeit, die ausreichen würde für Hunderte von Leben, und ich weiß, es ist Zeit.

Das letzte Mal, als ich dir einen Brief schrieb, war an dem Tag, als ich in der Hoffnung auf ein neues Leben Savannah verließ. Ich begann ein Leben, das fern dem unseren war, mit neuen Freunden und neuen Wegen. Auch habe ich in dieser Zeit einen Mann kennengelernt, einen Mann von Güte und Barmherzigkeit. Er hat mich erneut die Schönheit des Lebens gelehrt, die ich lange Zeit verloren glaubte, und nun ist es so, dass ich diesem Mann für ein Leben versprochen bin. Es ist ein Leben, dem ich mit Liebe und Freude entgegenblicke, auch wenn es ein Leben ist, das vollkommen anders als das ist, was es vor wenigen Jahren bestimmt zu sein war. Und obwohl ich den Tag herbeisehne, an dem ich seine Frau werde, kann ich nicht die Liebe und Verbundenheit in meinem Herzen leugnen, die ich noch immer dir gegenüber empfinde. Es ist ein Gefühl, das so alt und beständig ist, dass ich keine andere Möglichkeit sah als jene, zurück nach Savannah zu gehen, um ein letztes Mal eine Geschichte zu schreiben.

Doch dieses Mal war es anders. Es war nicht nur irgendeine Geschichte, die ich schrieb, es war unsere Geschichte. Eine Geschichte, die schon vor langer Zeit zu Ende hätte geschrieben werden sollen. Und so habe ich die letzten Tage in unserer eigenen Welt verbracht, in einer Welt, die ich nur für uns erschaffen habe und in der wir endlich nach solch langer Zeit wieder eins miteinander waren. In dieser Zeit habe ich dich gespürt, wie ich dich immer in meinen Träumen gespürt habe, habe dich gehört, wie ich dich immer in meinen Gedanken gehört habe, und habe dich geliebt, wie ich dich immer in meinem Herzen geliebt habe.

Es ist eine Wendung des Schicksals, wie es mein Herz für uns geschrieben hätte. Eine Zeit mit dir, wie ich sie mir mit dir erhofft hätte. Und eine wiederkehrende und doch nie verlorene Liebe, die ich noch immer für dich empfunden hätte.

Wenn ich an die Tage denke, die einst waren, und an die Tage, die heute sind, verspüre ich unermessliche Wut. Eine Wut, die der Welt gebührt, für das, was sie einst von uns verlangte, als man dich mir und mich dir nahm. Doch auch wenn das Leben vermochte, dich mir zu stehlen, dich in eine Welt fern der meinen zu führen, so vermag es dennoch nicht, mir den unerschütterlichen Glauben an unsere Liebe zu stehlen, an dich und mich. Die Vergangenheit wird immer die unsere bleiben, die Gewissheit und der Glaube an ihre Wahrhaftigkeit. Es ist etwas, das uns auf ewig verbleiben wird, so wie die gemeinsame Zeit, die ich für uns in den letzten Tagen erschuf, auf ewig verbleiben wird.

Und so sitze ich nun hier, an einem Morgen im November wie jener vor so langer Zeit, und habe meinen letzten Brief geschrieben, meinen letzten Brief an dich. Ich schaue auf, sehe, wie sich der Dunst allmählich löst und sich die Wolken verziehen, und fühle eine Ruhe in mir, einen Frieden, den ich lange herbeigesehnt habe.

Mit dieser Ruhe im Herzen werde ich nun von hier gehen, und wenn ich gehe, hoffe ich, ich gehe auch von dir. Ich hoffe es für ihn und hoffe es für mich. Doch auch wenn ich diesen Brief nun beende und damit ein Leben mit dir, werde ich immer noch jeden Tag an dich denken.

Jeden Tag für immer.

Emma

17

St. Marys
Drei Monate später

Ein Lüftchen kam auf.

Ohne es wahrzunehmen, schloss sie die Augen und lauschte auf das gewohnte leise Knarren der Veranda. Als es ausblieb und nichts als der Wind selbst die Stille erfüllte, öffnete sie erneut die Augen und sah auf.

Sie betrachtete die weißen Holzbalken, die die weitläufige Veranda umrahmten und noch immer den Geruch frischer Farbe trugen. Ihr Blick wanderte an der weißen Holzfassade des Hauses hinauf, deren Ecken und Ränder hell und unberührt waren, als warteten sie, dass ein neues Leben sie zeichnete. Über der Veranda erstreckte sich ein breiter Erker mit hohen Sprossenfenstern, bekleidet von hellen Vorhängen, die sanft in der abendlichen Brise wehten, während die Dachschindeln in einem dunklen Grau glänzten.

Sie blickte erneut durch die Balken der Veranda. Betrachtete die mächtigen Eichen, die bedeckt von spanischem Moos die Landschaft zierten. Bei ihrem Anblick stieg eine Wärme in ihr auf, die sich nahezu so alt und beständig anfühlte wie die Bäume selbst, und sie gab sich ihr hin, mit einer Ruhe und Leichtigkeit, die ihr neue Kraft schenkten.

Als die Abendsonne tief durch die Baumkronen leuchtete, stand sie auf und lief hinein. Der Geruch nach Rosmarin stieg ihr in die Nase und sie hörte ihren Magen knurren. Ein Blick auf die Uhr verriet ihr, dass Richard bald von der Arbeit kommen würde.

Sie überprüfte das Essen im Ofen und begann anschließend, den Tisch zu decken. Als sie fertig war, rief sie Harry an – wie nahezu jeden Tag –, um sich zu vergewissern, dass es ihm gut ging.

»So langsam beschleicht mich das Gefühl, dass du mich wahrhaftig loswerden willst.«

Sie lachte auf und versprach ihm, sich erst in ein paar Tagen erneut zu melden. Nachdem sie erneut aufgelegt hatte, lief sie zur Kommode im Flur. Mit einer Bewegung zog sie die oberste Schublade auf und nahm einen Briefkastenschlüssel hervor. Schon seit Tagen hatte sie ihn nicht mehr geleert, zu beschäftigt war sie damit gewesen, Umzugskartons auszuräumen.

Wie erwartet war er bis zum Rand gefüllt, und sie hatte Mühe, den ganzen Inhalt zu fassen. Sie legte den Stapel auf dem langen Esszimmertisch ab, der fast durch den ganzen Raum reichte, während sie anfing, ihn zu sortieren. Noch immer musste sie sich an ihren neuen Namen gewöhnen, der nun ihre Rechnungen zierte.

Mrs. Emma Davis.

Im Stehen ging sie einzeln die Briefe durch. Die meisten waren Rechnungen und Abonnements. Karten mit Glückwünschen zu ihrer Hochzeit, von Personen, deren Namen sie nicht einmal kannte. Sie legte sie alle auf Richards Stapel, während ein schwerer, etwas abgenutzter Umschlag ihr Interesse weckte.

Der Umschlag war schmal und von dunklen Stellen gezeichnet, und schien, der Wölbung nach zu urteilen, einen Gegenstand zu beinhalten. Sie sah, dass er an sie adressiert war, an ihre Adresse in Savannah, und zog ihn verwundert etwas näher zu sich heran.

Die Handschrift war ihr unbekannt, doch etwas an der Formulierung ließ sie erstarren.

An Ms. Emma Rosalind Edwards …

Sie las es immer und immer wieder, während ihr Herz mit jeder Wiederholung schneller zu schlagen schien.

An Ms. Emma Rosalind Edwards …

Ihr Blick huschte zu dem Absender.

Louise Maynard
Westminster Rd 175
03102 Manchester
New Hampshire

Der Name war ihr unbekannt, und sie spielte in Gedanken die Möglichkeit durch, entfernte Verwandte in New Hampshire zu haben. Doch in Wahrheit wusste sie bereits, dass sie keine Verwandtschaft in New Hampshire hatte und dass nur ein Mensch sie jemals bei ihrem Zweitnamen genannt hatte.

Ihr Herz rauschte in ihren Ohren, als sie hineingriff und den Brief herauszog.

Ein goldener Gegenstand rutschte heraus.

Das Rauschen in ihren Ohren wurde immer lauter, während sie ihn reglos anstarrte und langsam auf den Stuhl neben ihr sank. Und dann, als sie verstand, was es bedeutete, drang aus ihrem Inneren ein tiefes Schluchzen. Bei dem Laut legte sie sich die Hand auf den Mund und schloss die Augen, während Tränen an ihrem Gesicht hinabbrannten.

Dann nahm sie die Hand von den Lippen und zwang sich, tief einzuatmen. Als sie wieder klar sehen konnte, nahm sie den Brief auf und ließ den Kompass unberührt auf dem Tisch liegen.

Zittrig faltete sie die einzelnen Blätter auseinander und musterte erneut die unbekannte Handschrift. Dann sah sie noch einmal auf und atmete tief durch, ehe sie die erste Zeile las.

Liebe Ms. Edwards, …

Bei den Worten zog sich ihre Brust zusammen, und sie wartete, bis sie sich wieder löste, bevor sie erneut den Blick auf den Brief richtete und von Neuem begann.

Liebe Ms. Edwards,

Sie fragen sich vermutlich, wer ich bin, dass ich Ihnen schreibe, und ich kann Ihnen sagen, dass es sehr wohl ein eigenartiger Umstand ist, der mich zu Ihnen Kontakt aufnehmen lässt.

Mein Name ist Louise Maynard, ich bin zweiunddreißig Jahre alt und Krankenschwester im Manchester VA Medical Center in New Hampshire. Ich schreibe diesen Brief auf den Wunsch eines Mannes hin, der vor nunmehr drei Jahren in mein Leben getreten ist und mich viel über das Leben selbst gelehrt hat. Dass ich Ihnen heute diesen Brief schreiben kann, ist eine unvorhersehbare Wendung des Schicksals, und Sie können nicht ahnen, welche Ruhe und zugleich Schwere mich dabei erfüllt.

Als Tochter eines Offiziers und einer Psychologin der U.S. Navy war mein Weg als Krankenschwester im Militär früh geebnet. Mit zwanzig Jahren habe ich meine Ausbildung abgeschlossen und mich 1970 freiwillig für Vietnam gemeldet. Ich glaubte, gut ausgebildet zu sein für das, was dort geschah. Ich hatte als eine der besten Krankenschwestern abgeschlossen und aufgrund meiner Eltern bereits viel erfahren. Doch auf das, was in Vietnam geschah, hat uns keine Ausbildung der Welt vorbereiten können. Die Zeit in Vietnam hat alles verändert, und es ist kein Tag seit meiner Rückkehr nach New Hampshire vergangen, an dem mich nicht die Ereignisse heimsuchen. Es ist, als hätte ich einen Teil von mir in diesem Land verloren, und ich glaubte lange Zeit, ihn nie wieder zurückerlangen zu können.

Eines Tages jedoch, vor über drei Jahren, kam ein Helikopter mit Verwundeten aus Vietnam an unserem Krankenhaus an, darunter ein Mann, der keine Erkennungsmarke bei sich trug. Er hatte starke Kopfverletzungen und befand sich bereits seit einem Monat im Koma. Wir haben ihn aufgenommen, auch wenn wir nicht wussten, ob er ein Veteran aus New Hampshire war, und haben ihn behandelt. Seine Chancen standen sehr schlecht – die meisten Patienten mit derartigen Kopfverletzungen überleben erfahrungsgemäß nur zwei bis drei Monate. Er war von Glück gesegnet, dass er in Vietnam bereits operiert worden war und den langen Flug nach New Hampshire gut überstanden hatte. Aufgrund meiner langjährigen Erfahrung mit Komapatienten war ich die Hauptverantwortliche für seine Behandlung und tagtäglich an seiner Seite. Trotz meiner Erfahrung war es ein sehr eigenartiges Gefühl, über Jahre hinweg jeden Tag einen Mann zu pflegen, dessen Name oder Geschichte ich nicht einmal kannte. Viel eigenartiger war jedoch, dass mich jedes Mal, wenn ich ihn ansah, ein sonderbares Gefühl überkam.

An dieser Stelle sollten Sie vielleicht wissen, Ms. Edwards, dass ich keinem bestimmten Glauben angehöre. Mein Glaube war nie sonderlich ausgeprägt und spätestens mit Vietnam vollends verloren. Vielmehr glaube ich dem, was ich sehe, und dem, was ich spüre. Dieser Patient hatte etwas an sich, was ich nie zuvor erlebt habe. Von ihm schien eine eigenartige Welle auszugehen, und ich wusste, er musste noch etwas tun, bevor er diese Welt verließ. Also tat ich alles in meiner Macht Stehende, damit er am Leben blieb, und half ihm, so gut ich konnte, in das Leben zurückzufinden.

Am Donnerstag, den 13. Januar 1974 – drei Jahre später – ist er schließlich wider die Regeln des Lebens aufgewacht. Er hat sich leicht bewegt, aber ich habe gesehen, dass sich sein Herzschlag nicht stabilisierte. Ich wusste, er hatte wenig Zeit, und habe ihm in Ruhe erzählt, was geschehen war. Am Ende hat er mir gedeutet, Blatt und Stift zu holen. Er diktierte mir Ihre Adresse, Ms. Edwards, und sagte: »Sag ihr, dass es mir leidtut. Dass ich sie vermisse und ich wünschte, wir hätten noch etwas Zeit. Sag ihr, dass ich sie liebe. Dass ich sie so sehr liebe, und sage es ihr eintausend Mal.«

Dann ist er erneut für ein paar Stunden eingeschlafen, und bevor ich ihn auch nur nach seinem Namen hatte fragen können, hat sein Herz aufgehört zu schlagen.

Ich weiß nicht, wer genau Sie sind, Ms. Edwards, aber ich weiß, dass Sie es waren, die ihn noch einmal in das Hier und Jetzt finden ließen. Sie scheinen eine außergewöhnliche Frau zu sein und eine außergewöhnliche Geschichte mit diesem Mann zu teilen, und ich bin froh, ein Teil dieser Geschichte geworden zu sein. Nach all der Zeit habe ich wieder meinen Halt gefunden, meinen Glauben geformt und mehr über das Vermögen eines Einzelnen gelernt, über sein Schicksal hinweg zu entscheiden.

Ich trauere um den Verlust, den Sie erleiden müssen – den auch ich erlitten habe. Er schien ein bemerkenswerter Mensch gewesen zu sein, jemand, der sehr geliebt wurde und selbst sehr liebte, und ich wünschte, er hätte noch eine Weile länger in dieser Welt weilen können. Die Welt braucht Menschen wie ihn, und die Welt braucht Menschen wie Sie, Ms. Edwards, die in hoffnungslosen Zeiten wie diesen die Hoffnung selbst sind.

Ich weiß nicht, ob Sie das möchten, und werde Ihre Entscheidung respektieren, aber ich würde mich freuen, wenn Sie auf meinen Brief antworten. Ich würde gerne mehr über die Frau erfahren, die ihn für einen Moment zurückkommen ließ.

Hochachtungsvoll,
Louise Maynard

Mit zittrigen Händen las sie den Brief immer und immer wieder, und erst, als sie nichts anderes tun konnte, als dem Geschriebenen in ihren Händen Glauben zu schenken, legte sie ihn beiseite und ließ sich langsam gegen die Stuhllehne sinken.

Ungläubigkeit ließ ihre Tränen versiegen, während sie reglos auf das Briefpapier vor sich starrte. In ihrem Kopf herrschte Leere und nur das stetige Heben und Senken ihrer Brust erinnerte sie daran, dass sie atmete.

Sie schloss die Augen, während Worte in Erinnerung traten, die sie noch immer bis in ihre Träume verfolgten.

Doch was selbst die Vernunft, nicht einmal die Regeln der Welt in der Lage sind zu sehen, ist dieses Gefühl in meinem Herzen, ganz tief in mir drin, unerschütterlich und beständig wie am ersten Tag, das mir die Gewissheit, die Sicherheit, das Versprechen gibt, dass deine Seele noch immer nicht gegangen ist. Dass du noch immer unter den meinen weilst, umherwanderst, als seist du auf der Suche nach dem Weg zurück, dem Weg zurück zu mir.

Ihre Brust wurde von etwas Altem und Mächtigem erfüllt, als ihr die Bedeutung all dessen klar wurde. Langsam öffnete sie die Augen und streckte die Hand nach dem Kompass aus, der auf dem Tisch vor ihr lag.

Das Metall war kühl an ihrer Haut, und sie umschloss ihn sanft bei dem Gedanken, dass er ihn zuvor berührt hatte. Dass er ihn all die Jahre bei sich gehabt hatte und er nun wieder hier war. Hier bei ihr.

Als das Metall warm wurde, öffnete sie erneut ihre

Handfläche und betrachtete ihn. Mit einem leichten Druck auf den obersten Knopf ließ sie die feine Tür aufspringen. Das weiße Blatt leuchtete unter der goldenen Nadel, doch ihr Blick wanderte zu der Innenseite. Zu der feinen, eingravierten Schrift.

Ich bin dein, und du bist mein.

Eine Träne fiel auf ihren Handballen, während sie die Worte immer und immer wieder las.

Ein Lächeln legte sich auf ihre Lippen.

»… wie seinerzeit noch heute und bis in alle Ewigkeit.«